Collection Of Famous Brands

世界顶级名品　完全时尚手册

名品汇

醇饮佳肴版

中央编译出版社
CCTP Central Compilation & Translation Press

CONTENT 目录

Hennessy X.O
MOËT
BOKMA
Stolichno
BOCK BEER

CONTENT 目录

B

咖啡：健康使者

C

茶：灵魂之饮

美食：挡不住的诱惑

顶级餐厅

食材

CONTENT 目录

干酪：凝乳的艺术

巧克力：舌上娇宠

引言

回归味觉的纯真年代

当指尖划过透明的杯身，当舌尖触及香艳的菜品，愉悦立即在瞬间跳跃。感官撩动着味蕾，味蕾煽动着心情，心情满足着欲望。释放味觉的神经，享受奢华的刺激，在醇酒和佳肴中起宕、迷失、欢快。鉴赏盛宴，感受精雕细琢的华贵浪漫，宛如亲历一场时空交错的爱丽丝奇幻梦之旅。

工业现代化的代价高昂，生活节奏急剧加快，工作压力负荷沉重，那些整日压缩在写字楼格子内的人们，几乎忘却了天空的颜色，也稀释了生命的色彩。他们需要生活的回馈，需要生命的礼赞，需要放飞自己在这种光与影、杯与盘之间的欢愉，需要延绵伸展一种感官的直接体验，领悟并参与每道精品背后的故事。味道，不只是大脑最深刻的记忆元素，也是生活质量最真实的衡量标尺。

高处不胜寒的绝不是时尚，孤芳自赏的绝不是时尚，不食人间烟火的也绝不是时尚。生活的满足感，有时恰恰在于唇齿之间的挑逗。

讲究，是一种生存态度；讲究，是一种生活风格；讲究，是一套生命哲学。讲究，在不知不觉中已经成为一个时尚的代名词。醇美的甘露倒入高脚杯的瞬间，犹如一位气质优雅的女士弹奏一曲婉转的钢琴舞曲，丰富的诗意从杯底冉冉升起，充盈每一寸空气，伴随着液体特有的晶莹与色泽，上演一出浪漫醉人的生活剧。高雅的餐厅，精致的美食，烛光与美酒相伴在柔和的琴声下，谁能不被温柔情趣所虏获?

味觉世界里，一切变得私密，高贵，真实。掌握刀叉的一双手，是开启美妙旅程的初始。这个梦幻的境界内，味道承载了发明者与酿造者的诸多期望，它凝聚了各国文化传承的精神。其背后的人文积淀和故事，自然也是时尚人士津津乐道的无尽话题。自此，一杯浓烈醇香的陈年威士忌中，装的不再是谷物和淡水，而是500年历史的苏格兰乡土气息，干冽、醇厚、圆润、绵柔。

味道，正是奢华生活外显的表现形式。拥戴者之中，既有不懈追求生活品质的奋斗者，也有领会时尚真谛的成功新贵，更有追求极致的首面人物。物化的时代，自有其衍展的触角。美食与佳酿，在一个国家里非常戏剧化地改变着周遭的事情。

在时钟的滴答声中，追求一种放松、悠闲的心境；劳累之余，崇尚一种满足、释放的意趣。人们返璞归真，回归到味觉的纯真年代，用嗅觉调味心情，用味觉刺激生活，用玉指丈量世界。

正如五彩的玻璃珠花，从中往外展望，一切尽是美景。饮食文化的魅力，是一种源自深层次的内涵。一个突发奇想的创意，也许就制造出了一个时代的风貌、一种社会的味道。

酒

众神的灵药

干邑物语

——另类血液

美国作家威廉·杨格曾说："一串葡萄是美丽的、静止的、纯洁的；而一旦经过压榨，它就变成了一种动物。因为它在成为酒以后，就有了动物的生命。"在人生的特殊时刻里，干邑总是微妙地增添着无限欢乐。

烛光欢跳的夜晚，穿着绮丽晚装的主角在柔美的华尔兹中翩翩舞动。欢愉间，一杯金光闪耀、晶莹澄澈的白兰地盈盈在握，酒香氤氲，舞步凌乱，搅动了朦胧的夜色，凌乱了迷醉的心。

干邑来到这个世上，带着高贵品质与丰富内涵，得雨露地气精华，取时光浩渺更迭，在沃饶的法国西部波尔多（Bordeaux）之北的干邑地区（Cognac 又称科涅克）集成惊世佳酿。干邑白兰地，是土壤与上帝的杰作，是时光巨轮与夏朗德河水所孕育出的精灵。

心无旁骛地坐下来，用灵肉的安静来感受杯中那来自自然最纯洁的生命热力，品味一种生活澄澈的境界。葡萄酒作家威廉姆斯说：干邑酒、晴朗的天气和闲谈是人生的全部美好享受。干邑的迷人之处就在于历史传承中纷繁复杂的细节之处。

曾经，充满神秘色彩的希腊戏剧也是在酒神微醺的舞蹈中酝酿成熟……

（法）轩尼诗 Hennessy
——男人之水

>> 品牌精神

轩尼诗是世界销量第一的干邑，拥有世界上规模最大的“陈年生命之水”蕴藏。轩尼诗秉承其家族对酿制干邑一丝不苟、力臻完美的优良传统，严格控制生产的每一个环节，始终贯彻轩尼诗的原创精神，例如以“星”来划分干邑的等级，就源于轩尼诗。

>> 品牌故事

轩尼诗公司创始人李察·轩尼诗（Richard Hennessy）于 1745 年加入法王的御林军，驻扎在著名的干邑地区。他能征善战曾荣获路易十三“英勇证书”。退伍后，他留居在干邑地区。有一次，他邮寄了几桶当地产的白兰地给爱尔兰的亲戚朋友，不久便得到朋友来信委托购买白兰地的要求，他由此对经营白兰地产生了兴趣，成立了一家专营干邑的公司，后来创建了轩尼诗酒厂。成立初期，轩尼诗销量已十分卓越，当时所出口的国家以英国及其他各大城市为主，并于 1815 年被法国皇帝选为国会御酒。

轩尼诗家族七代以来孜孜不倦地追求统一理想，在永无休止的创造中保留了珍贵的遗产，用一贯的激情和不断的创造力使它日益丰富起来，使我们从中体悟到轩尼诗精神的精髓。李察·轩尼诗干邑是家族的灵魂，它象征着与美好未来的永恒联系，是对前人的崇高致敬，也是后人灵感的源泉，体现着轩尼诗家族的现代、真实、豪华和感性的特质。

与众不同的是，轩尼诗公司在大香槟区拥有 200 公顷的葡萄种植区，且葡萄树一般都保持在每20~30年更换一次，从而保证了干邑酒的酒质和品位。

从用酒量的角度计算，1 升轩尼诗干邑需要大约 15 升的普通葡萄酒。在“2 次蒸馏”中，前期和后期的蒸馏液都会被废弃用于其他产品的生产，而剩下的蒸馏液才会被加工储藏，并随后用于干邑酒的调配。

对经验丰富和酷爱轩尼诗干邑的鉴赏家而言，李察·轩尼诗干邑充分演绎了轩尼诗品牌的真谛。

还有一些词能从不同层面对轩尼诗的品牌做出解释。

品质：200 多年以来，被誉为世界酒坛创举的轩尼诗 XO 级干邑为高级干邑之标准。它散发出的独特香味、余味可持续一个小时以上。

品位：轩尼诗素有“男人之水”之称，浅尝一口，即有雪茄之味，及后，慢慢尚有香草、香木甚至巧克力的味道。

>> 品牌鉴赏

装在圣路易斯水晶矮瓶的灿烂黄金色的李察·轩尼诗，揭示了陈年“生命之水”的深邃、协调和细腻。

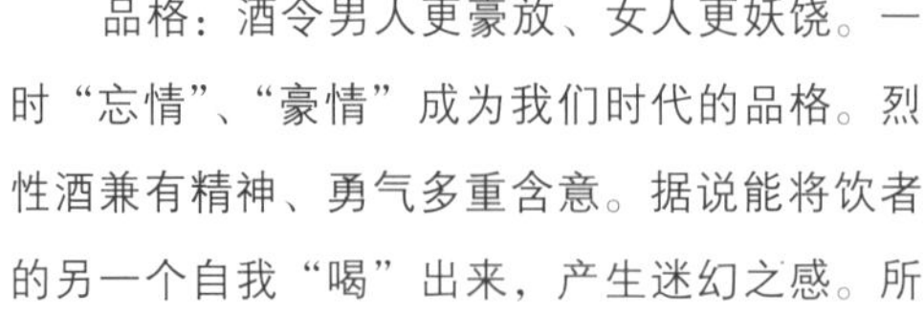

品格：酒令男人更豪放、女人更妖饶。一时“忘情”、“豪情”成为我们时代的品格。烈性酒兼有精神、勇气多重含意。据说能将饮者的另一个自我“喝”出来，产生迷幻之感。所以说喝酒实质上是一种感觉，是触摸品格。

轩尼诗的美妙远不止在酒瓶之中，酒樽也大有文章。在 1830 年以前，所有白兰地产品均以木桶装载发售，因木桶表面并没有任何关于出产地、出产商及品质说明的标签，所以顾客无法辨别白兰地的质量。1865 年，轩尼诗家族萌动了将星加在白兰地酒樽上的意念，其后付诸实行，并成功设计了只限于较高级别的佳酿(即现今的 XO 类别)——玻璃瓶装干邑，樽面附有标签说明。轩尼诗干邑成为以“星”来划分干邑等级的首创者。

轩尼诗公司拥有轩尼诗·李察(Richard)、轩尼诗·帕拉迪士(Paradis)、轩尼诗·XO 和轩尼诗·VSOP 等 4 种档次的系列酒。

MARTELL

（法）马爹利 Martell
——杯中性灵

>> 品牌精神

马爹利干邑是酒中的尤物。许久以来，深远代表着马爹利干邑独特的品质，作为一个引人入胜和不断进取的品牌，马爹利留给人们的是更多的探索与发现。通过几个世纪的不断钻研与探索，马爹利形成了其独一无二的酿酒专长。它对酿酒艺术的不懈追求，造就了其芳香飘逸、回味深远的卓越口味。马爹利源于男人对生活和事业的勇敢面对和不懈开创，对于他们来说，自信而独立地挑战生活和事业上的一个个困难，已经成为一种毋庸置疑的行为风格。所以，马爹利始终倡导领先、自主、创新而不拘一格。

>> 品牌故事

拥有贵族、企业家、发明家、商人、运动员以及学者等多重身份的简·马爹利(Jean Martell)于 1715 年创立了马爹利公司，是干邑地区白兰地家族最早的一个，并用他的品性给这个家族奠定了稳固的基础，自此马爹利干邑就开始了其向世界每个角落传播的漫漫历程，历经八代之久，逐渐成为一个极具价值的世界品牌。两个世纪前“马爹利”先锋远涉重洋、勇于开拓的精神，今天同样在马爹利的后辈身上体现出来，他们满怀坚定的信念和信心去追求新的目标。马爹利对卓越品质的不懈追求，使它成为干邑酒中的经典，其精湛之干邑艺术，早已尽领风骚。

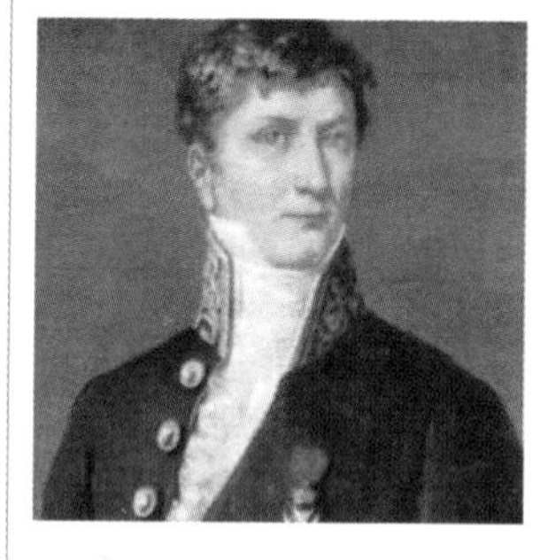

马爹利公司无论是从历史的悠久、生产规模的大小，还是从鉴赏者们对其信赖的程度来说，都不愧是干邑白兰地中最有代表性的厂家之一。

在众多的干邑厂家中，马爹利公司一向以古典的、传统的生产方法而著称。调制的整个过程由首席调酒师单独完成，而马爹利对于首席调酒师的要求，是必须具备过人的智能，拥有世代相传的配酒天赋和相袭八代的经验，只有这样才能完成调配极品佳酿的工作，确保马爹利干邑保持芳香馥郁、丰润醇厚的传统特色。

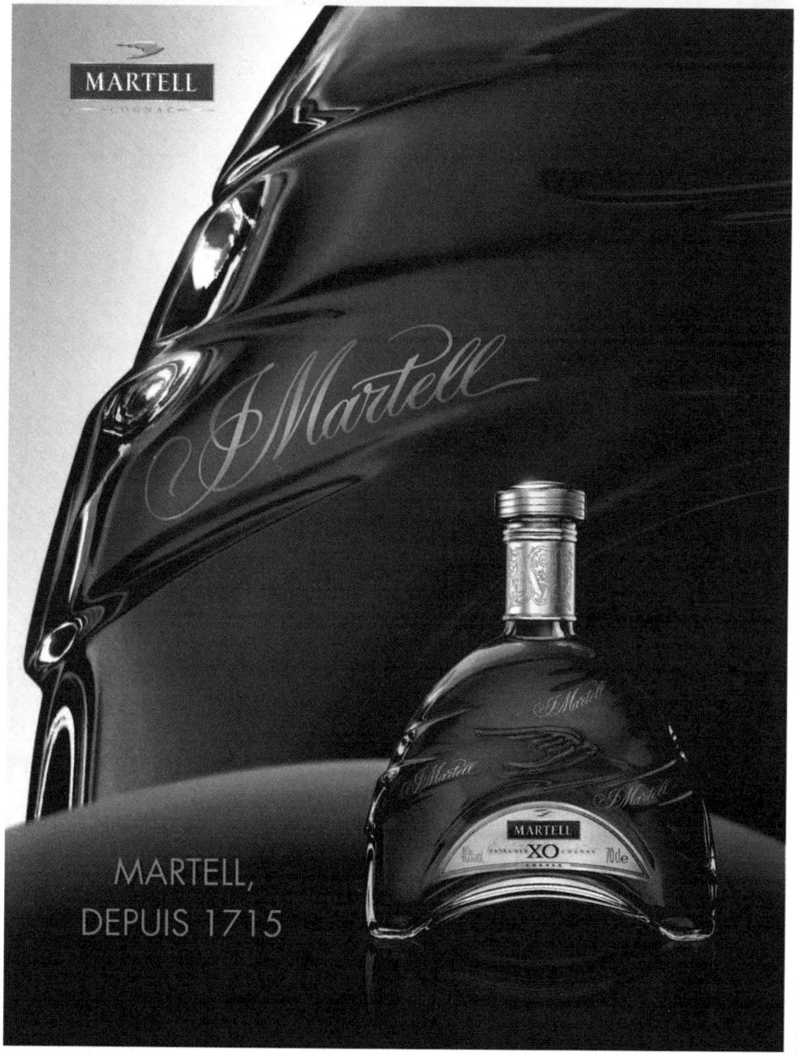
MARTELL
COGNAC
J. Martell
MARTELL
XO
MARTELL,
DEPUIS 1715

MARTELL
EXTRA

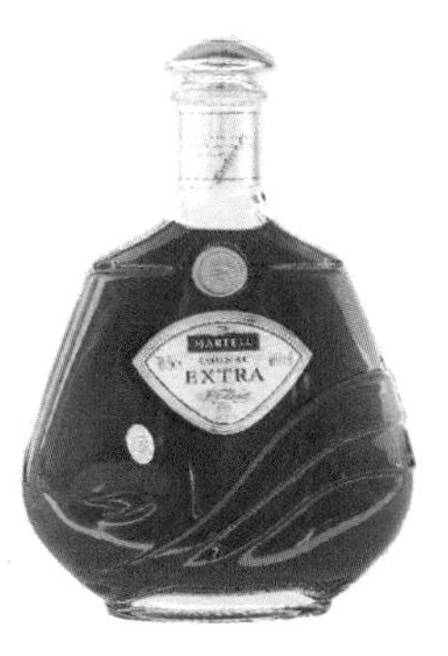

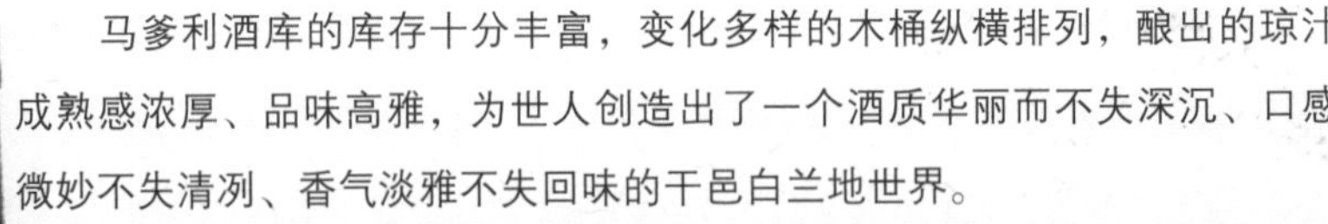

马爹利酒库的库存十分丰富，变化多样的木桶纵横排列，酿出的琼汁成熟感浓厚、品味高雅，为世人创造出了一个酒质华丽而不失深沉、口感微妙不失清冽、香气淡雅不失回味的干邑白兰地世界。

品尝马爹利一定要选用薄边的矮脚大肚杯，杯口稍微狭窄以留住酒香。品尝时，先观其色，颜色的深度反映酒的年期：马爹利色泽金黄，是酒中佳品。再闻其香，用食指和中指持杯，用手掌托住杯身底部，慢慢旋转，以手掌的温度温热酒，逐渐移向鼻子，悦人的果香气味缓缓散发出来，扑鼻而至，令人陶醉。

品酒重在一个“品”字，缩起嘴唇，由口侧轻吸，啜一小口，然后抿唇，干邑在口中升华，让舌头后部敏感的味蕾感受酒的芳香与醇厚，体会到马爹利所藏酿的热焰以及它所赋予你的自由舞动的天堂。喝纯马爹利干邑的感觉让人心醉神迷，就像是一次对感情的追求：蓦然回首看到意中情人，超凡脱俗，玉树临风；趋前亲近，呼吸若兰，沁人心脾；两情相悦，你融化在那直露的激情之中。

>> 品牌鉴赏

入口即舌尖初感圆润及果香，后味悠长、柔滑而细致，最后一种馥郁而优雅的回味流连齿间，独特的愉悦口感，在激情与圆润间取得完美平衡，这就是马爹利，令人陶醉的酒中精灵。

马爹利麾下产品分为五类：彰贵尊荣的金王马爹利、非凡成就的 XO 马爹利、酒逢知己的金牌马爹利、独特风格的名士马爹利、贵乎内涵的蓝带马爹利。

1912 年，由爱德华·马爹利倾情力作，选用 30 ~ 35 年的至醇干邑，蕴涵 250 种生命之水的精华，精心萃取而成蓝带马爹利。其纯正、独特的紫罗兰香，至臻至美的口感，堪称调配的极致艺术，无不显露出“贵乎内涵”的卓群个性，令国际品酒师为之倾倒。

名士马爹利干邑乃是家族中早年的珍藏佳酿，年代久远，色泽琥珀金黄，酒香馥郁，由经验丰富的马爹利首席酿酒师精心调配。加上出自名师设计的全新典雅酒樽，风格独树一帜，线条优美流畅，彰显现代艺术的感性，与无比醇厚的酒质浑然天成，被誉为完美传统与当代艺术和谐结合的酒中经典。

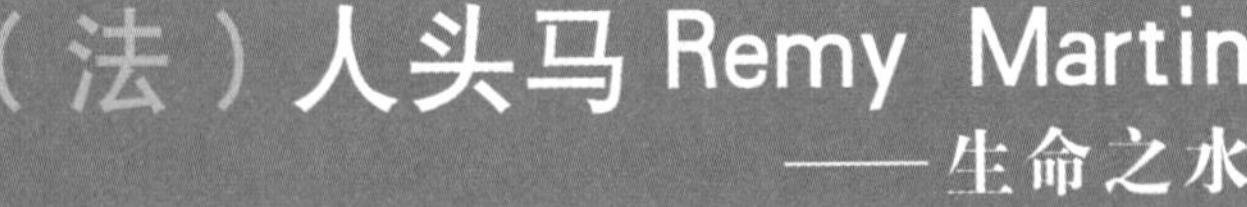

>> 品牌精神

“人头马”是法国著名的干邑白兰地人头马酒的商标。人头马的形象设计灵感来自西方星座中的人马座。人头马代代相传的不朽真谛，在于它所弘扬的非凡优雅的生活艺术，见证了人头马公司对优质干邑酿造艺术所作的努力和巨大贡献。一直以来，雷米·马丁家族致力保持其世代相传的酿制特优香槟干邑的传统。至高无上的品质与传统使人头马干邑一直闻名遐迩，在国

际优质干邑市场上稳占重要一席。

>> 品牌故事

1724年，雷米·马丁(Moniseur)创立了人头马酿酒厂，早在雷米·马丁还是葡萄园主之子时，他就明白预先藏酿干邑的重要性。在整个藏酿过程中，原材料只选用来自最优秀的葡萄区——大香槟区 (Grande Champagne) 与小香槟区 (Petite Champagne) 生产的优质葡萄。

人头马秉承传统工艺，进行连渣双重蒸馏的独特程序，以提取原酒中的芳香和丝丝精髓，使它们蜕变成最清澈原味的“生命之水”(“生命之水”形容葡萄酒经蒸馏后形成的佳酿，因其存放于橡木桶内陈年前色泽如清水般清澈通透而得名)，“生命之水”像婴儿般在酒窖中做起酣畅的美梦，直到几十年后才被酿酒师轻轻地唤醒。经过这样的一个绵长而优美的过程，最终成为成熟的“生命之水”。酿酒师从众多高质素的“生命之水”中，选取有独特个性的，调和混合成上等的干邑，秉承一级酿酒师的优良传统，埋首于各种酒香的互相结合，调配出最上乘的干邑，然后将其贮藏于独家生产的由林茂山地区近百年橡木制成的小橡木桶内进行陈酿。这些小橡木桶不但具有特殊的天然木香，让“生命之水”香味与内涵升华，更为“生命之水”增添了天然的金黄色泽，孕育出独一无二的干邑佳酿。

人头马优良传统的核心就是只采用法国夏朗德区干邑镇所出产的“生命之水”酿制干邑。夏德朗区的土壤表面及底层土壤，与适应的气候相配合，才孕育出完美的佳酿。即使人头马的蒸馏方法能被仿效，但夏朗德地区得天独厚的土壤条件却永不可能被复制或出口！

19世纪中叶人头马曾遇到葡蚜的大灾难，这场灾难

>> 品牌鉴赏

人头马 XO 酒质精炼浓郁，入口细致盈润，橡木酒桶的强烈香味与特有香槟干邑的酒香完美配合，带给您至臻至美的享受和高贵不凡的气派。

使该地区的葡萄酒产量从 1875 年的 37 亿加仑降到 3 年后的一半以下。虽然其后保罗·雷米·马丁 (Paul Remy Martin) 创立了在澳大利亚、斯堪的纳维亚和美国的品牌，不过公司最终因其生活方式的问题几乎面临破产。

安德烈·雷诺 (Andre Renaud) 挽救了人头马。1927 年他率先推出了 VSOP，这个“甚超陈纯”的略写设计是 19 世纪陈年干邑的代号；1936 年，推出身价颇高的路易十三 (Louis XIII) 的品种，用巴卡拉水晶瓶装，独特的品位使人头马终于从危机中走出来。

雷米·马丁的后代对人头马的商标作了一些改动，把原来平着射箭的姿势改为向斜上方投掷标枪，增加了图案的动感，象征着强健有力、勇往直前的奋斗精神，而人头则象征着智能、灵感和爱心。后人在进行传统的按桶销售的生意之外，也开始瓶装作业。

人头马代代相传的不朽真谛在于它所弘扬的非凡优雅的生活艺术。如今，人头马更将香槟干邑的口感、风味和感受完美融合在一起。无论是举杯庆祝的时候，还是日常的欢宴，人头马佳酿都能与美味佳肴相得益彰。

（法）库瓦西耶（拿破仑）
Courvoisier
——领者之风

>> 品牌精神

库瓦西耶有 300 多家蒸馏工厂。它们将精心挑选购入的蒸馏新酒放入托仑塞或利穆桑高原产的橡木桶中，使之成熟。公司严格区分新桶和旧桶，精心调制，进行标准化生产。库瓦西耶干邑橡木香气飘逸，有悠远的成熟感。

>> 品牌故事

库瓦西耶是当今领衔的干邑公司之一，每年装运 110 万瓶（占市场的 13%)，出售到世界 160 个国家和地区，特别是美国、英国、日本、中国香

港、意大利和法国，是46个市场中首屈一指的供应商。

19世纪初，爱曼奴尔·库瓦西耶(Emmanuel Courvoisier)来到巴黎，遇到当时成功的酒商路易·加卢瓦(Louis Gallois)，他们合伙做起酒水生意，并成功争取到给宫廷供酒的特许。1811年，拿破仑访问他们在伯斯(Bercy)的酒厂，品尝过后对其大加赞赏，并请他们供应干邑酒给他。当拿破仑被流放到圣赫那拉岛时，库瓦西耶被送到英舰“诺森伯兰郡”号以随行，库瓦西耶因此得名“拿破仑白兰地”，而拿破仑的剪影也从此作为所有库瓦西耶干邑的标志。

1835年，库瓦西耶的后裔把生意合并起来并在雅尔纳克建立总部。1869年，它做为官方指定供应商，供应酒予拿破仑三世。1909年，公司转到乔治·西蒙(George Simon)的手中，营销进行了改革，包括在1960年开始使用磨砂玻璃瓶。1964年库瓦西耶被海勒姆·沃克(Hiram Walker)收购，1987年又卖给了联合—里昂(Allied-Lyons)，1994年又改为联合—多梅克(Allied-Domecq，由彼得罗·多梅克所买)。

>> 品牌鉴赏

用陈年“大香槟干邑区”及其他干邑葡萄酿造的拿破仑级干邑，现已成为许多品牌争相效仿的产品，浓浓的橡木及干邑葡萄的芬芳，口感幼滑如丝；配以尊贵的装潢，尽显其对于信心和权力的象征。

库瓦西耶并没有自己的葡萄园，但它和1200个葡萄园主签下了周期合同，要求他们按时供应葡萄酒、原酒，并经藏酿过的干邑。库瓦西耶的合约下有2.47万公顷葡萄园，分布于四大产区(大、小香槟，博尔德里和芬贝华)，乌艺布朗葡萄占98%。

库瓦西耶在雅尔纳克附近的夏朗德河畔夏托纳夫有两个蒸馏厂，它还和9个酿酒商签了合同并向200家当地酒商买酒。库瓦西耶在品级标号VS和VSOP酒中加入了不多于1%的焦糖来统一色彩。

藏酒用的木材全部从法国中部的森林原地取材，以求得更细致的木纹。橡树由调校师本人去挑选，自然风干3年才可拿来使用。新酒通常放在新桶中6～24个月，按最终酒质品级而定期限，接着换到旧桶去作余下的藏酿，以保证库瓦西耶干邑橡木香气飘逸，有深远的成熟感。

库瓦西耶曾几次得到奖赏，包括1983年法兰西之光称号、1986年国际名酒大赛中世界XO称号，以及1994年因其最佳干邑的XO帝国而荣获西里尔辉煌勋章(Cyril Ray Trophy)。

（法）得拉曼 Delamain
——伦勃朗的油画

>> 品牌精神

在色彩和酒格方面清纯可人是得拉曼干邑的印记。它能令你联想到蔚蓝的天空，下面是静静流淌的夏朗德河及其两岸的旖旎风光，一排排绿葡萄树间不断显现罗马式的大小教堂。就连瓶子也溢出了得拉曼干邑酒的芳香，构成迷人风格的印象。得拉曼香槟干邑行销世界各地，使品位人士得以欣赏和体验其无与伦比的馥郁芳香与醇和丰润。

>> 品牌故事

詹姆斯·得拉曼 (James Delamain)，是都柏林城堡堡主之子，1759 年回到祖籍干邑地区，并从事白兰地贸易。詹姆斯的孙子和他的表兄弟在 1824 年建立了鲁莱及得拉曼公司。经营了四代，得拉曼家族独家经营，公司也改名为得拉曼公司。虽然得拉曼是大型干邑公司中最小的一家，却在多个领域皆有贡献。

得拉曼的独特之处是他们不做蒸馏，没有葡萄园，也不进行自主发酵工艺。他们只做纯粹的酒商——购入 10 ~ 15 年期的酒，进行藏酿、调校和装瓶。但藏酒的来源却不一般。它们全部来自于大香槟区，即干邑的第一产区，得拉曼有独特的办法知道如何从中选择甘美醇和而富有浓郁或清冽香味的东西，以此来获得只有得拉曼才拥有的特别品质。

买入酒时，得拉曼买那些连渣蒸馏的以保证取得更多的果香和果酯，但买入后监控着以免过度。他们不会加入糖和糖浆，但偶尔会加入焦糖以统一颜色。然后按照原有的自然浓度来贮藏，到最终要卖时按浓度调校酒品，例如最早调校的清而淡 (Pale&Dry)，虽然平均 25 年，但调校时是 50° 。他们降低度数的方法也不同于别的酒商。得拉曼不是只加入蒸馏水，那样就“破坏了酒的芳醇和匀和味”。他们把极陈的淡干邑和蒸馏水混成 15° 的酒 (称为淡酒)，分 24 个月逐点加入藏酒中。

得拉曼的藏酿不用新木桶，都是用利穆赞和托朗赛出品的 6 年以上的二手桶。得拉曼认为在长期的藏酿中，新桶会给予过分的丹宁和过分的木材因素，这将最终影响藏酿的效果和酒的品质。他们不成批购入二手桶，而是从地方制酒中经过仔细的试味来选买，只一个木桶就如此大费周折，可见得拉曼不是等闲之辈。

在装瓶阶段，得拉曼仍发挥其独立的工艺技巧。每个瓶在装酒前都严格

lamain Cognac

伦勃朗的油画

选择干邑酒洗过和漂过，装酒后独立检查，手贴标签，装镀金网封口，就同发明金属盖前一样。

得拉曼的标准品级中最陈的酒是极陈 (Tres Venerable)，平均藏 50 年。每一种组成的干邑，都按其原产和蒸馏实际年份分别以 48° 藏酿，直到调校。数量极有限的版本家传秘酿 (Reservedela Famille) 由年期甚久远的白兰地组成。

根据阿兰·布罗斯塔德·得拉曼称，他们制作的干邑质量由四个同样重要的因素决定：藏酿前的蒸馏白兰地、施行藏酿的地方的藏酒阁的湿度、调校师的技术和藏酿时间(即干邑在酒桶内酿成的程度)。这个寡言但具说服力的干邑发言人说，他的公司“在干邑市场上提供几乎最佳的质量价格比”。这确实为大酒店、著名餐厅以及有名的白兰地承销商的行动所认同。《干邑手册》这样写：“得拉曼家族的干邑，犹如伦勃朗的绘画。”

>> 品牌鉴赏

得拉曼味纯而劲大，浓郁芳醇，略带果香，多层次感，浑成圆熟。

(法)加谬(金花)Camus
——伟大的标记

>> 品牌精神

加谬白兰地酒厂是法国干邑地区仅存的极少数家庭企业酒厂之一。加谬酒厂应用“伟大的标记”(Lagrande Marque) 为徽号。它的产品品质清淡，口感纯正，清凉且微辣，同时由于酿酒的橡木桶含有香味，所以酒味亦较香，橡木的颜色和味道渗入酒液中，由此形成的风格和成熟感比较别致，令人品味无穷。

>> 品牌故事

加缪建立于 1863 年，创始人为让·巴蒂斯特·加缪 (Jean Baptiste Camus)。今天它是干邑最大的家族经营酒厂，其产量的 94% 销往海外的 140 个国家。

加谬酒厂在干邑的大香槟区及边缘区 (Barderies) 均拥有葡萄园。它以这两个地区生产的原葡萄蒸馏酒为主，再配合其他干邑地区葡萄园的白兰地，调配生产出各级干邑佳酿。加缪喜欢对大香槟和小香槟作连渣蒸馏，而对博尔德里则除渣蒸馏。

加缪的调制工作由世代相传的调制师进行，秘诀绝不外传。藏酿是用阿里亚和

托朗赛橡木桶，每季用一些新桶。在拉涅罗尔 (La Nerolle) 的蒸馏厂，可以贮藏 185 万加仑。

三星级加缪白兰地产量极少；VSOP 级干邑，则以边缘区所酿的原酒为主，但是拿破仑级的干邑，其原酒则分别取自大香槟区和小香槟区，然后进行调配而成，此外对另外一种更为高级的拿破仑特级 (Napoleon Extra)，则特地选用另外两个干邑小地区的原酒为主要成分，再精心调配而成。

>> 品牌鉴赏

加缪约瑟芬女士酒，芳醇、香浓，留香甚长。

加缪的姊妹公司法国美酒公司有四个干邑品牌标签：Chabanneau、Planat、Staub 和 Guillot。加缪也做两个品牌的夏朗德品牌 (Plessis 和 St.Michel)，他们还感兴趣于苹果酒和非干邑白兰地。这些是在塞维黎茨芒 (Cherves Richemont) 的布里沙—拉潘大宅 (Logisde Brissac–I'Epine) 进行的。

加缪每年销售 600 万瓶白兰地。20% 是三星，52% 是 VSOP，28% 是拿破仑、XO 和 Exba(特醇)。加谬自己品牌的东西是不在超级市场出售的。

加缪在 1968 年的名酒博览会、1981 年的伊杰荷名酒比赛、1975 年墨休利国际奖牌比赛以及 1984 年、1987 年和 1989 年的英国举办的国际名酒大赛中均获得金奖。

（法）托马斯·海因（御鹿）Thomas Hine
——皇家至尊

>> 品牌精神

海因 (Hine) 是唯一持有英国皇家特许证的干邑公司，指定供应干邑予女皇伊丽莎白二世。以前干邑会像红酒一样，在樽上标明年份，但由于干邑不纯以一种年份的酒来调配，较难鉴定，所以法国政府于 1927 年规定干邑不准以年份标签。目前只有海因可以将酒运到英国入樽而避过限制，并仍可标明年份推出市场。

>> 品牌故事

托马斯·海因 (Thomas Georges Hine)，1775 年出生于英国，1793 年在一次交流访问中到法国学习法语，但法国大革命使他身陷囹圄。出狱后，他与

>> 品牌鉴赏

极浅茶色芯带长金色边，有复合浓郁果香、可人的橡木调，留香中长。酒味较辛辣、豪迈，适合酒龄较高的人。

一位当地的小姐共结秦晋之好，继而成为岳丈的生意合伙人。他着眼于优质干邑，不久名声鹊起，公司也换成了他的名字，47 岁时，他已是该郡的第二号纳税人。

海因公司的鹿形商标创立于 1866 年。当时的托马斯·乔治·海因说："我们的盒上最好有点和我们的名称不同的东西，我想鹿就很不错。"

海因没有葡萄园和蒸馏厂。他们买酒来藏酿，一半很新，其余的已经过一定程度的藏酿。大多数来自大、小香槟区，少量是芬贝华区。新蒸馏的酒，海因喜欢减到 60° 来藏酿。

海因公司中，酒的调校工艺是重要的组成。把独特的芳香养醇，并把它们组织到一定的特色风味中去，才能保证整体的醇和及匀和。当一种调校(或者说组成)鉴定之后，该测定的干邑便被装到大缸中藏酿 10 ~ 12 个月，让它们的不同成分统一起来。最后的一道工序是预装瓶，瓶子先行用干邑漂洗过。装了干邑后，各瓶都要对着灯光检查，并与放了 20 年有标号的样本进行比较。

海因的工厂位于雅尔纳克的夏朗德河河畔，那里相对酣度是 80%。新干邑的头 8 个月用新桶，然后换二手桶。不会加入木浸剂，全部自然藏酿。他们分批地藏酿，十分重视测试以判定其程度。

19 世纪中叶前，海因都是用利穆赞森林的 71 加仑橡木制箱来装运干邑的。后来逐渐改用瓶装运输，不过还有少量的整批酒装运，以供应所谓"先抵岸葡萄年干邑"。先抵岸干邑是海因的专业。这传统可上溯到 18 世纪，那时的英国酒商进口 1 至 3 年的干邑，在布里斯托尔和伦敦的湿润的弯形酒窖藏酿以符合关税和物货税的规定，葡萄年份的选择对这种先抵岸干邑是很重要的。如果用了冷而多酸的 1952 年的酒，酿成酒比 25 年的藏酿有更醇良甘美的品质；而若用温暖夏季的 1953 年的酒，就会有更丰富的和更深厚的果香味。买某一年份时须得考虑这些因素。由于先抵岸品是以免税品身份藏酿的，皇家税务官准许它有蒸馏的“安琪儿的份额 (Angels’ share)”，只对实际装瓶时的其余酒量征税。

海因强调干邑和其他酒不同，不能用瓶藏酿，只能用桶。他说有尘的瓶是大忌：“经验告诉我，干邑的质量受长期藏在瓶中影响，特别是躺着放时让它接触瓶塞这种情况。”他建议签署 (Signature) 平均藏酿期是 6 年、珍而美 (Rare&Delicate)10 年、古风 (Antique)20 ～ 25 年、凯旋 (Triomphe)45 年、家传陈大香槟 (Family Reserve Grande Champagne)60 ～ 70 年。

（法）金像 Otard
——刚性豪迈

>> 品牌精神

金像的特点是整体上香气和口感均具有细腻而和谐的感觉。此外，在蒸馏后的一年中，将其放入利穆桑产的新桶中使之成熟。由于充满男性气息的桶香渗入新酒，由此产生了金像所特有的爽口的辣味。正因为如此金像被称为干邑白兰地中的男人酒。

>> 品牌故事

安托万·奥达·德拉格朗热 (Antoine O'rtardde Lagrange)，是奥达（金像）干邑公司的合办人。1737 年出生于靠近干邑的布里夫 (Brives)，有挪威、苏格兰和法兰西血统，1793 年被法国革命党捕获，后被当地人民营救出来，被迫流亡到了英国。1795 年奥达回到法国，使用自己保存的干邑藏酒，加入了让及莱昂·迪皮伊 (Jean&Leon Dupuy) 公司，从事干邑出口贸易。

他们的事业很成功，于是买了干邑城堡作为他们发展的基地。干邑城堡是个理想的藏醇的地方。它有很厚的墙 (2 米）和地板，其干燥的部分很适宜于新酒，而它靠河边的藏酒阁又较润湿，适合于年久的干邑。迪皮伊负责蒸馏而奥达负责营业，这对合拍的组合无往而不利。英王乔治三世便特准它不管大陆禁运而出口干邑。

奥达没有葡萄园，他从 4 个区购入 18.55 万加仑的新酒，其中大、小香槟区和芬贝华各占 30%，博尔德里占 10%，主要源自乌艺布朗葡萄。

VSOP 上等干邑，有香料和香草芳香，醇和果味。

奥达和 500 个葡萄园和 10 家蒸馏厂订有合同，后者有藏酿了 2 至 4 年的酒。

如果藏酿要求较短的年期，便用高浓度的酒，例如 65 度。如果要在桶中藏酿久远一些，度数便减至 55 度。奥达还加入木料浸剂调节木质香，因为火烤桶内是不够均匀的。40% 的干邑在干邑城堡藏酿，包括藏于前监狱的宝贵的陈酿，名为“楼上楼 (Paradise)”。其中葡萄年份最远可上溯到 19 世纪，例如 1820 年 (该酒有长年的木质香，如同醇和悦人的多种果香味)、1878 年、1902 年、1906 年 (有浓郁丰满的迷人果香) 和 1924 年 (具浓郁果香及熟酿香质)。最久远的东西用玻璃坛盛载，19 世纪 20 年期仅存三坛。在他们开桶时露于空气中所测度数为：1924 年 45°、1906 年 38°，1820 年 32° ~ 33°。

奥达辞世后，迪皮伊后来也退休，公司由莱昂·迪皮伊 (Leon Dupuy) 和奥达的儿子掌管。后来由于迪皮伊家族不再参与公司业务，公司名在 1945 年也从奥达—迪皮伊改为奥达干邑。

在英国的国际名酒大赛中，奥达在 1994 年获得银奖，1996 年获得铜奖。

香槟物语

——跳跃的欢欣

香槟"CHAMPAGNE"，同时代表着快乐、欢笑、高兴之义。

它是葡萄酒中的王者，给人一种纵酒高歌的豪放气氛，又具有奢侈、诱惑和浪漫的色彩，没有任何酒，可媲美香槟的神秘性。

香槟，是制造气氛的琼浆玉液。蓬皮杜夫人曾说，"香槟是唯一能让女人在饮后仍然保持绰约风姿的酒。"欢乐时刻永远都少不了香槟的加盟，那激射的泡沫和金色的液体总能将气氛带到高潮，那被称为"女人的叹息"的气泡浮动声引人遐想，令人着迷陶醉。香槟冉冉升起的气泡，好似每个故事的高潮部分，似曾相识，却不拘泥形式。狂欢时，尽情挥洒热力；独处时，享受那份寂寞。香槟最适合大都市里的女人，坚定、热情、内敛、自信，恪守着一份真实的浪漫，成就着那份美丽，不会错过任何风景。

香槟已经和口红、香水一起，成为很多女人的三件最爱。就像是专为女人而准备的礼物，香槟不仅映衬出女人高贵的气质，那丝丝甘甜会让双颊泛出微微的红润，更显娇媚迷人。与她共饮一杯香槟吧，可爱的气泡从杯底缓缓上升，在闪动的晶莹色泽里，上演一场浪漫的故事，在浪漫的经历里，涌现无尽的品位。

（法）酩悦 Moët & Chandon
——女人之魅

>> 品牌精神

举世知名的法国香槟酩悦一直将香槟的独特气质与时尚紧密结合在一起，酩悦香槟在两个半世纪前已开始与“时尚”一词结缘，当时酩悦所酿制的香槟深受衣着时尚典雅的名门淑女所欢迎。自此，世界首屈一指的酩悦香槟便与讲究生活格调的时尚世界连接在一起。女人以追求美丽的天性激发着时尚的不断变幻与发展，而女人的美丽也被时尚成就，酩悦香槟则是连接两者的纽带。

>> 品牌故事

酩悦是名副其实的香槟巨人，在香槟界可说是最具知名度。

历史悠久的酩悦由莫依特家族创立于 1743 年，因 1832 年莫依特与查道家族通婚而改为现名。

据说唐·裴利农修士是最先以软木塞成功地将酒的气泡封闭在酒瓶内的人，并且将掺有冰糖的葡萄酒加到混浊灰色的葡萄酒中，使得酒色变得透明。这样，以独特瓶式发酵的香槟酒就诞生了。直到现在以唐·裴利农的名字命名的高级香槟酒售价仍然很昂贵，这个品牌的生产商酩悦一直尊唐·裴利农为香槟的创始者，酩悦公司的中庭还塑有一座唐·裴利农身着僧侣服、手持酒瓶的铜像。

以唐·裴利农命名的酩悦香槟王唐·裴利农，选用了最上乘的葡萄酿制，蕴藏长达 6~8 年之久，其色泽透彻，香气馥郁。香槟王唐·裴利农是香槟中的至尊，几乎已然蔚为顶级香槟的代名词。不说别的，单从电影或小说上看，每逢重要欢庆时刻或想表现剧中人物的奢华品味时，唐·裴利农往往是最经常被搬上台面的饮品。

酩悦目前仍是一些欧洲王室香槟酒的主要供货商，与王室关系的建立源于拿破仑时代，拿破仑与该家族的金－雷米·摩依特为军事学校的同学，因此经常

前往拜访。酩悦因拿破仑的喜爱而赢得“Imperial”（皇室香槟）的美誉。

酩悦家族是法国最具国际知名度的香槟酒商之一，其在香槟区内拥有的葡萄园占地广达800公顷，相当于整个葡萄产区的1/4。其出产的酩悦香槟，混合调和不同年份、不同产区的葡萄及美酒酿制而成，酒味隽致，气泡细腻非常，是十分雅致高逸的香槟，受到全世界饮家的一致推崇，甚至有这样一种说法：“6瓶从法国销往海外的香槟，就有一瓶是酩悦，全球每隔两秒钟就有一瓶酩悦被打开。”

唐·裴利农是酩悦旗下最顶级的香槟，只有老葡萄藤的饱满葡萄才能拿来酿制此款香槟。打开唐·裴利农香槟的一瞬，立刻可以闻到一股春天的花香，倒入细长酒杯，气泡笔直上升，那入口后的细致绵密触感，会告诉你这香槟的非凡之处。

在酩悦酒窖经过长达6年的陈储岁月，1998年份的唐·裴利农现已开始发售，一瓶大约190美元。引人遐思的是，唐·裴利农1998的一组广告图片是由夏奈尔时装首席设计师卡尔·拉格菲尔德亲自拍摄的，场地是一个18世纪风情的剧院包厢，国际名模海伦娜·克里斯特森领衔主演，他们以时装发布会的形式性感地演绎了1998年份的“香槟王”。酩悦公共关系国际主管吉·伯乔(Jean Berchon)表示：“调酒师为唐·裴利农调制每一个年份的口味时，都是在做出一个极为谨慎而重大的决定。”

唐·裴利农是世界上少数知名度极高的香槟，代表着一种生活品味。“我们与卡尔·拉格菲尔德合作，感觉一定好过找广告公司做形象推广。”而卡尔·拉格菲尔德其实不太喝酒，当金·伯克豪找到他时，他说了这样一句话：“如果你问我香槟牌子，我只懂得唐·裴利农。”——以卡尔·拉格菲尔德举世闻名的傲慢作风，如果不是刻意吹捧，那就是一句很棒的广告词。

以下是唐·裴利农几个年份酒的特色：

>> 品牌鉴赏

为自己倒上一杯，然后啜饮一口吧！那翻腾的气泡上浮、迸裂，在液面发出优雅的嘶嘶声，把上千个金色泡泡抛入空中，同时也释放出酒中那撩人鼻息、鼓动味蕾的香醇。伴随那满口芳香、清凉沁透脾胃却又暖人心窝的酒气，微小金色泡泡谱出了一段节奏轻快的交响曲。

唐·裴利农 1996：首次登陆中国，带着热带水果、成熟莓子、柑橙的味道，散发出丰满激越的干果芳香。

唐·裴利农 1995：释放着奶油蛋卷和花蜜般的“黄金香气”。

唐·裴利农 1993：酒感圆润，酒体颜色铜粉中隐隐散发着桔色，带着石榴和血橙的气息。

（法）克鲁格 Krug
——杯中神话

>> 品牌精神

如果说凯歌是香槟区里的传奇，那么克鲁格就是香槟区里的神话。他们同样位于法国汉斯，也同属路易威登轩尼诗集团 (LVMH)，但风格却完全不同。若是你来到生产克鲁格的葡萄园，发现它不仅风景旖旎迷人，还能酿出全世界最顶级的香槟酒时，就会明白“神话”绝不是浪得虚名！

>> 品牌故事

克鲁格创立于 1843 年，是由德国移民乔翰尼·杰瑟夫·克鲁格 (Johann Joseph Krug) 所创。克鲁格的特色是用小橡木桶进行发酵（其他多用不锈钢桶发酵），其卓越的风味使其成为香槟界的翘楚。

被战争洗礼过的汉斯村庄早期荒芜一片，1968 年被人发现有片土地正好位于向阳坡的中段地点，拥有最充足的日照和肥沃的土壤，于是便围起围墙栽种霞多丽白葡萄，没想到只有两个篮球场大的园区种出来的葡萄却令整个香槟区惊艳。于是克鲁格家族在 1971 年买下了这块葡萄园，开始酿造克鲁格家族里最顶级的一支香槟 Krug Clos Du Mesnil。因为是单一年份单一葡萄种类，调配起来难度更高，种类更稀有，但也让这支香槟身价不凡。

克鲁格家族里最广为人知的是用顶级原酒调和的 Krug Crande Cuvee，它的第一口力道强劲，后来口感绵密精致，尤其是气泡优雅纤细，对比十分强烈，喝过就不会忘记。如此特殊的味道，秘诀在于克鲁格在酒汁进行第一次发酵时，放入木桶让酒汗与从木桶毛细孔中溢出的空气充分结合，发酵出结构完整、活力十足的酒，之后进入调配工程，混合新酒与至少 12 年以上的老酒再装瓶进行第二次发酵。克鲁格坚持发酵完成的香槟在酒窖陈年约 6 年才

>> 品牌鉴赏

采用多种不同年份、不同庄园的 Pinot Noir、Chardonnay 与 Pinot Meunier 葡萄，以克鲁格的家传手法混合酿制调配而成的粉红香槟，浅棕红色及细致绵密的气泡，散发着浓郁的草莓香、花香与香料香，如丝绒般细腻甘美的风味，尤其与蟹类料理搭配，更是滋味绝妙。

可以面世，所以成为所有香槟里陈年最久的品牌。克鲁格是第一个将年份香槟保存在酒窖中，10年后再拿出来品尝的品牌，这种超过20年以上陈年的香槟被称为克鲁格收藏，就像古董般价格不菲。

特别负有盛名的所谓“年份香槟”（Multi-Vintage），采用50个不同产区、6～10个年份的葡萄以传承百年的独家配方精酿而成，散发着干果仁与烤土司的芳香与花朵的清香，口感丰富均衡饱满，余韵细腻悠长，虽说并非单一年份香槟，精致考究却犹有过之。

（法）凯歌 Veuve Clicquot Ponsardin
——香槟之母

>> 品牌精神

法国香槟区酿制世界闻名、优雅浪漫的汽酒，虽然有得天独厚的自然条件，但如果没有像凯歌夫人这样钟情于香槟酒的灵魂人物，是酿造不出几百年来坚持的“毫不妥协的酿造品质”的。

>> 品牌故事

正如“干邑”是一个地名一样，“香槟”也是一个地名。香槟区位于巴黎东北方约200千米处，拥有法国位置最北的葡萄园。这里的田野乡村拥有矿物质丰富的白垩土壤，全年日照时间长达200多天，年平均气温10℃左右。寒冷的气候及较短的生长季节使香槟区葡萄的成熟略显缓慢，也使葡萄的香味更加精致，而酿出的葡萄酒单宁含量较低。这些得天独厚的因素造就了香槟酒整体风格的优雅细致。

说来奇怪，位于法国香槟区的汉斯城，与女人特别有缘，因为自古至今这里出了两

>> 品牌鉴赏

假如你想品味世上最精致的香槟极品，凯歌贵妇香槟（La Grande Dame）的优雅成稳就是你的最佳选择。可搭配精致的鱼类或海鲜料理，以及高级的亚洲料理。

位鼎鼎有名的奇女子：一位是法国人奉为民族英雄的圣女贞德，另一位是欧洲第一位走出家庭、开创事业的凯歌夫人，她的勇气与智能绝对是香槟区的一个传奇。凯歌夫人19世纪继承了创立于1772年的、深受皇室贵族及名人雅士喜爱的百年知名品牌凯歌皇牌，并一手发明摇瓶与除渣技术，使香槟从此清澈晶莹、毫无杂质，对后世影响深远。

通常香槟比一般酒类更难酿造的原因在于它必须从不同葡萄园、不同葡萄种类和年份混合搭配出风格一致的口味，所以说香槟是调味的艺术。而凯歌香槟里最经典的一款皇牌香槟必须从50到60个葡萄园、800多种原酒中挑选具有凯歌风格的味道，并且混合新酒与老酒，让清新香味与浑厚口感合二为一，这也是为什么凯歌香槟的风格融合白酒水果蜜糖般的香气与红酒扎实醇浓的结构感。值得一提的是，凯歌最高等级的贵妇香槟，是1972年为了对凯歌夫人这位香槟教母致敬而推出的，只采用了凯歌酒厂拥有的八大顶级葡萄园的比诺·曼尼和霞多丽葡萄酿造，口感比凯歌香槟更有曲线变化，不仅酒质圆醇，果香成熟，余味更是深长悠久、散之不去。

贵妇凯歌1990年份与1993年份香槟，常被誉为三大或两大年份香槟之一，主要是采用黑皮诺与夏多内这两种葡萄，均衡度极佳，并充满浓烈的芬香。

（法）查尔斯·海德西克 Charles Heidsieck
——神气的奇葩

>> 品牌精神

查尔斯·海德西克（Charles Heidsieck）是最了不起的香槟商之一。在传媒界，查尔斯·海德西克商行的酒窖主管蒂博被尊称为有杰出天才的调酒师，甚至被夸誉为魔术师，但他自己却说：酒窖主管并不是魔术师，重要的还是葡萄原料，它才是香槟品质的真正保证。

>> 品牌故事

查尔斯·海德西克，于1851年创立了香槟商行。同年，他首次造访美国，然而到美国南北战争爆发时，他的香槟年销售量已达30万瓶，市场遍及纽约和路易斯安那。以后，查尔斯·海德西克的子孙们在欧洲、远东和南美重新为商行找到了市场，在美国的销售量也日益扩大。

商行由这个家族一直经营到1976年，方由欧尼斯特的后代接管。1985年，查尔斯·海德西克卖给了雷米·马丁集团，在这之前，雷米·马丁拥有了克鲁格银行。在新老板领导下，香槟的质量有了极大的提高，商行的不计年香槟比过去要丰润得多，成为市场上的佼佼者之一。

在雷米接管商行之前，查尔斯·海德西克没有自己的葡萄园，接管后，它拥有了30公顷的葡萄园，分布在奥热河、昂博奈和布齐，都是一流土壤。

不记年查尔斯·海德西克干红香槟品质卓越，这是因为其酿造过程极其精细，而且在混合调配中很注重多样性。配制香槟的葡萄汁都是第一次榨出的汁，自1985年以来，商行就已不再使用第二次榨的汁了。酒精发酵用的是不锈钢容器，发酵后，为了保证香槟具有最起码的自然风味，还进行了相关的技术处理。

干红香槟的混合成分有300种之多，其中40%是年份较长的记年红香槟。红香槟使最终的成品具有鲜明的蜂蜜似的香草香味（这是典型的查尔斯·海德西克风格），而这些在没有使用橡木桶的情况下便达到了。这种香槟使用的葡萄是3/4的

黑比诺、莫尼野比诺和1/4的夏尔冬勒，夏尔冬勒赋予了香槟生动的活力且带有轻微短暂的榛子味。

1983年的米勒莱瑞斯白香槟是白葡萄香槟中的佼佼者，也是蒂博的典范之作。它具有令人不可思议的圆润品质及异国情调的水果风味，这些足以征服那些对纯夏尔冬勒香槟有着严格要求的品尝者。而收藏家们最梦寐以求的1981年的查尔斯·海德西克皇家香槟，人们很难想象会在拍卖行以外觅得，相当年久的黑比诺葡萄树上的葡萄主宰着这种香槟的口感，使之带有不可磨灭的烤咖啡味，更让人觉得不可思议的是，痴迷者们情愿徒步从伦敦长途跋涉前往兰斯，只为能品尝一小口查尔斯·海德西克。

>> 品牌鉴赏

查尔斯·海德西克香槟饮之口感丰满，风味圆润，给人以强烈的享受感，是吃精美的库森（一种食物）的绝妙搭配。

（法）泰廷爵 Taittinger
——收藏经典

>> 品牌精神

泰廷爵，同样也是香槟区内历史最悠久的香槟酒庄之一。由于坚持只采用第一次压榨的葡萄汁酿造香槟，因而向来以新鲜芳香的口感与优美持久的气泡深受世人喜爱，《007》的原作者伊安弗莱明就非常青睐泰廷爵香槟，多年前英国查尔斯王子与黛安娜王妃的世纪婚礼喜宴，选用的也是泰廷爵的香槟。

>> 品牌故事

泰廷爵的前身是创立于1734年的法国第三老牌Forest et Fourneaux香槟，1932年皮埃尔·泰廷爵买下这个酒厂，不久后更名为泰廷爵。

泰廷爵香槟酒厂建在一座毁于法国大革命时期的修道院旧址上。原来的修道院从13世纪就开始酿酒。泰廷爵最值得自豪的是酒厂下有一座长达4千米的酒窖。微弱的灯光照亮迷宫般的信道，在信道靠墙的两侧是一排排“品”字形的香槟酒架。酒窖开挖于不同的时期，最早可追溯到公元4世纪的古罗马时代。罗马人为了战事需要，取土修建工事，为了防止塌方，他们采用的是独特的井式结构的取土方式，挖掘到了一定的深度，并沿呈阶梯状向四周扩展，从下往上望去，垂直的井筒如同金字塔形状。此外，酒厂还沿用了修道院当年遗留的酒窖存放香槟。由于酒窖需要恒定的温度和湿度，墙壁上到处长满了淡绿色的霉斑，泥土的颜色和绿色的霉斑混合在一起，远远望去如同一块块图案奇妙的地毯。

泰廷爵自1978年开始推出收藏家系列，大受欢迎，而且更有令人意想不到的效果。不少人都舍不得开来饮用，或者是觅得一两瓶纯为收藏。

其实泰廷爵收藏家系列香槟的原先设计，也为饮家设计了一块印制极为精美的金属片，亦即水松木塞上方位置，专为加固将瓶塞包紧的铁线所用。这些金属片也是每年不同，别具趣味，只可惜尽管如此，收藏家还是要求整瓶完整。

泰廷爵香槟的收藏家系列，其实并不是每年都有出产，这属于“年份香槟”(Vintage Champagne) 中的超级货。第一次面世是1978年，之后到

>> 品牌鉴赏

泰廷爵伯爵特级香槟是泰廷爵的旗舰产品之一，列名法国三大香槟之一，风味极其独特不俗，充满浓郁的柑橘芳香，口味则带有白葡萄柚、莱姆及杏仁烘焙熏香，曾被《热情之酒》杂志评为1997最佳香槟。它活泼的气泡与年轻的果香，带给人无以名状的愉悦，适合当开胃酒或搭配清淡食物。

1981年才有第二支。不过，由于20世纪80年代好年份多，因此出得较密，比如1982、1983、1985、1986、1988年等，均受捧场。

从1983年起泰廷爵开始推出延请知名艺术家彩绘瓶身的“彩绘珍藏香槟”，成为全球酒饕们竞相收藏的名品。有一款1992年份、由智利著名抽象表现主义画家马塔所创作的作品，赭黄瓶身上随性游走着鲜艳而充满自由想象力的笔触，令人印象深刻。

红葡萄酒物语

——酒中红宝石

在一个日益标准化的年代，红酒怕是少数还坚持着个性的产品中的一员。在品酒家的储酒室中，可以发现一两瓶在市场上根本不可能找到的罕见葡萄酒，这样的酒成为主人的挚爱，是主人品位和个性的象征。

葡萄酒所意味的，是另外一种生活方式。这种生活方式和大众流行相去甚远，收藏和品评葡萄酒，不仅需要耗费大量的金钱，还需要专业的知识和足够的耐心。

凡到两情相悦有情人终成眷属之际，伴随着低缓的音乐和暧昧的画面，葡萄酒便出现了。盛在如郁金香一般婉转优雅的高脚杯中的红色液体，端在男主角或者女主角的手中，透过酒杯，是他们含情脉脉的双眸对视。

她，温而不烈，香而不俗，醇而不杂；她，保持一种自由的姿态，散发一种个性的味道——这，就是红葡萄酒。红酒与雪茄、咖啡三者历来都具有代表性，可以显示出个人的喜好及品味。觅得一瓶好干红，就如找到了自己的梦中情人一样的满足、幸福。那还等什么？就怀着与寻找爱人一样的耐心、恒心、细心，寻觅你的“红色恋人”吧！别忘了，好好地珍惜她，全心地爱护她。

红酒是时尚的敌人——任何一种标新立异，都会破坏她的内涵；红酒是典藏的精品——她需要有人欣赏，有人呵护，有人收藏。

ROMANÉE-CONTI

（法）罗曼尼·康帝 Romanêe Conti
——红酒中的“花魁”

>> 品牌精神

行家对罗曼尼·康帝酒的称赞集中在其多层次气味的变化、高雅与一股莫名神秘的特质上，如此甘美浓郁的酒甚至在放下酒杯数分钟后依然齿颊留香。它的园主欧伯特曾形容：它带有一种即将凋谢的玫瑰花香味，使人着迷而忘掉时间的概念，也可以是当年神仙飞返天上之际还“遗留在人间的东西”。而其他勃艮第的名酒，尽管有时可以酿出味道更浓烈，以及风味更富变化的佳酿，但在魅力上总是差上那一点点难以言明的感觉。

>> 品牌故事

波尔多的酒世界驰名，有“五大酒庄”等知名的庄园，而对于同样知名的法国葡萄产区勃艮第来说，有罗曼尼·康帝一个酒庄就可以把勃艮第提升到非常的地位，康帝的声望由此可见。

康帝酒园的历史可以追溯到12世纪。酒园种植的葡萄全部是皮薄色淡的黑皮诺葡萄。天生娇贵的黑皮诺非常不容易种植，皮薄，有个性，而且早熟，仅能生长在地球上极少数有凉爽气候的特殊角落，而且只有兼具耐心与知识的果农才能种出其最纤细最优雅的特质，方能拥有世界上最古老、最完美无瑕、最令人感动以及流连忘返的风味。直至1945年为止，康帝酒园都是种植纯法国种葡萄，而其他葡萄园早就在1886年前后被一种由寄生在美国进口葡萄苗里的根瘤蚜虫所摧毁。唯独康帝酒园不惜花上血本，使得罗曼尼·康帝逃过世纪之劫，这也是酒园足以傲世的能耐！

1945年因为暴雨只生产了600瓶酒。在1946年，不得已将老植株铲除，

并从拉·塔希庄园引进植株种植，因此，1946到1951年这个罗曼尼·康帝酒园没有出一瓶酒。

康帝酒园葡萄产量低得惊人，而栽种护理方面完全采用手工，尽量少使用其他化学方法。每年在葡萄成熟的季节，康帝酒园就禁止任何的参观访问活动入园。可知康帝酒这位绝世佳人不仅是天生丽质，而且受到后天如公主般的照顾，才有了这令世人赞叹的绝色！

葡萄成熟时，熟练的葡萄工人小心地将完全成熟的葡萄串采下，立即送到酿酒房，经过严格的人工筛选，才能够酿酒。康帝酒园酿酒的时候不用现在广泛使用的恒温不锈钢发酵罐，而是在开盖的木桶中发酵，发酵过程中，每天将表层的葡萄用气压式的机器压入酒液，以释放更多的组分。康帝酒园有自己的制桶厂，他们采购来橡木桶的辐板，风干3年后再经过特殊的低温烘烤后才进行制桶。

康帝酒的价格非常惊人，现在即便是1瓶1998年的康帝酒新酒也要2500美元以上，经过几年的酒全要在3000美元到5000美元之间。那些稀世珍酿更是天价。即便如此依然供不应求，所以其产品也是有价无市，只有在大型的葡萄酒拍卖会上才有可能见到它的身影，一般的零售店里根本无觅其踪。难怪美国著名品酒家罗伯特·帕克说："康帝酒是百万富翁之酒，却只有亿万富翁才喝得到。"如果谁有一杯在手，轻品一口，一种帝王的感觉便油然而生，豪迈之情发自肺腑。

康帝酒园除拥有举世之冠康帝红酒外，还有塔希、李其堡、大依瑟索等，皆入选"世界百大名酒"，康帝酒园可谓满园珠玉，不愧为"天下第一园"。

罗曼尼·康帝酒是酒中的劳斯莱斯、传奇的全球至尊象征、世界上最古老的千年法国皇家酒，它拥有浪漫灿烂的法国文化内涵，是全球帝王与亿万富翁所饮用的完美佳酿。

>> 品牌鉴赏

傲世佳酿中的红酒Romanee Conti，更像是一个传说。这样的极品葡萄酒，你就是百万富翁，恐怕也无法拥有。葡萄酒酿到了这个份儿上，体现的是人类对完美主义的高度崇敬。

（法）玛歌堡 Chateau Margaux
——法国酒庄中的名角

>> 品牌精神

因为非常喜爱玛歌堡葡萄酒，文学家海明威希望能将孙女抚养得"如同玛歌堡葡萄酒般充满女性魅力"而将她命名为"玛歌"，后来玛歌也真的成为一位电影明星。

玛歌酒庄是"五大"中比较恪守传统的酒庄，不仅保持手工操作，而且仍然使用橡木发酵罐。玛歌堡是波尔多酒中的代表作，细致、温柔、幽雅，单宁酸中庸。品味玛歌堡的佳酿必须平心静气才能体会其"弦外之音"。

>> 品牌鉴赏

玛歌堡 1998，是法国精致饮食文化的最佳代表作，弦外之味非常丰浓、持久。

>> 品牌故事

18 世纪初，玛歌堡一问世就跻身于四大著名波尔多红酒之列，在伦敦的咖啡店中出售，并一炮而红。1787 年，托马斯·杰斐逊在波尔多旅行时，从包括拉斐堡、拉图堡和布利昂堡在内的四大名园中，选出玛歌堡为首。他的品酒水平为人叹服，在这两个世纪中，玛歌堡始终是所有紫红酒中最精致、最曼妙的一种。

玛歌庄园建筑是第一帝国的廊柱结构，在梅多克它最宏伟。1977 年，安德烈·门采尔普洛斯 (Andre Mentzelopoulos) 买了这个庄园，自此玛歌堡庄园进入它历史中最辉煌的时期。大量的资金被投入到葡萄园、酒阁和庄园中。

玛歌堡在百年前，已经创设了二军酒，可说是所有二军酒的祖师爷。而那些不合标准与较年轻的葡萄树 (“正宗”玛歌堡的葡萄树平均 40 岁) 所生产的葡萄便被列为二军酒的原料。

装瓶前的玛歌堡，需要先在全新木桶中经过 20 至 36 个月的醇化。玛歌堡本身有造桶厂，但为了平衡与使酒味多元化，2/3 的木桶另向其他五家造桶厂购买。同时酒在换桶时都经过重组，使其味道与品质趋于一致。

1978 年份酒堪称极品。1980 年，门采尔普洛斯不幸仙游，还没来得及享受他投资的成果。幸而他迷人而又十分精明的女儿科琳娜 (Corinne) 亲承其业。在她有力的领导下，再加以保罗·蓬塔耶 (Paul Pontailler) 的技术指导，玛歌堡保持了精致的传统。玛歌堡 1982、1983、1986、1988(黑马)、1990 和 1996 是一系列好年份酒。1994 年的酒优雅，是典型的玛歌堡紫红酒。

1978 年庄园扩展种植了卡本妮萧伟昂，其葡萄酒的组成也相应丰富。克服了 20 世纪 60 年代和 70 年代的一些不足。玛歌堡的第二葡萄酒是胭红亭(Pavillon Rouge)，它在品质上可以与美多的某些二等园酒相媲美。

（法）拉图堡 Chateau Latour
——梦幻体验

>> 品牌精神

一般而言，拉图堡比木桐堡、拉斐堡与玛歌堡需要更长的醇化期，至少需 10 至 15 年方可以度过“青涩期”。成熟后的拉图堡有极丰富的层次感，丰满而细腻。英国著名的品酒家休强生曾形容拉斐堡与拉图堡的个性：若说拉斐堡是男高音，那拉图堡便是男低音；若拉斐堡是一首抒情诗，拉图堡则为一篇史诗；若拉斐堡是一曲婉约的轮旋舞，那拉图堡必是人声鼎沸的游行。这两种著名的酒是否有一阴一阳或一刚一柔的个性，就有待你自己去体会了。

>> 品牌故事

拉图堡在美多地区首开风气之先，引进不锈钢作为酒槽。1963 年虽然由英国公司购得拉图堡，但英国人完全听从“内行领导”，将酒厂委由酿酒大师加德尔 (Jean-Paul Gardere) 全权处理。加德尔不负所托，一连串的改革使得拉图堡获得脱胎换骨的生机。

加德尔的更新计划之一是引进可控制温度、控制发酵进度且容量达 14000 公升的不锈钢槽，此举一度引起业界的质疑，但结果证明加德尔的做法是正确的。现代化的发酵方式比起传统方式要减少一半的时间 (7~10 天)，也改善了拉图堡的高度涩感与必须放置至少 10 年以上方可入口的问题。在

>> 品牌鉴赏

拉图堡 1982 是全世界最佳年份的超优质红酒之一，是葡萄酒爱好者一生所不容错过的梦幻体验。极度丰富和浓郁的口感、强烈的风味都让人难以忘怀。适合搭配精致的羊肉与牛肉佳肴。

不锈钢槽完成发酵后，又会泵回全新木桶醇化 20 个月至两年不等。由于拉图堡在年份不好时，会加强筛选葡萄的工作，所以在较差年份的拉图堡仍能保持相当程度的品质。

加德尔第二个重要决定是酿造次等酒，这支可以算是所有二军酒中品质最佳的“拉图之堡垒”(Les Forts de Latour)，它的少部分由未达拉图堡水准的一军所淘汰(一般只有六成可以列入一军，不好的年份，如 1974 年只有两成半)，大部分由酒园的另两块小园地(14 公顷)所产的葡萄来酿造，1966 年首次酿造，1972 年正式上市。“堡垒”虽非正规部队，但是酿造过程可一点也不马虎，故其口感必须等醇化后才能成熟。名品酒家派克认为“堡垒”是所有二军酒中最优者的，足可列入第四等顶级。不过，面临二军酒上市所挟的巨大声势与优秀品质，“堡垒”恐怕更要兢兢业业，更上层楼不可了。

1990 年拉图堡更推出三军酒，此酒卷标只有一个堡垒图像，名称只有一个简单的“波仪亚克”(Boyac)，另在卷标下行以小字体标明是在拉图堡装瓶。

(法)拉斐堡 Chateau Lafite
——典雅风范

>> 品牌精神

拉斐堡是 1855 年波尔多葡萄酒评级时的顶级葡萄酒庄之一，连同奥比安堡、拉图堡、玛歌堡及 1973 年入选的木桐堡，并称为波尔多“五大”名庄，而拉斐堡被认为是“五大”中最典雅的。拉斐堡的酒比较内向，必须等到至少 10 年左右，真正的面貌才会呈现出来，芳醇、水果香，还夹杂着很多丰富的味觉。

>> 品牌故事

拉斐堡位于波尔多酒区的梅多克分产区，气候土壤条件得天独厚。葡萄园面积 100 公顷，在列级酒庄中是最大的。平均葡萄树龄为 40 年。葡萄品种以赤霞珠为主，占 71% 左右。

拉斐堡历史悠久，已有数百年历史。自 17 世纪西格家族入主后，酒品得到大幅提升。老西格去世后，其次子亚力山大与波尔多另一名酒庄拉图堡的女继承人结婚，此举使他们的儿子小亚力山大成为掌控“五大”中两大名庄的“葡萄王子”。

18 世纪，拉斐堡已为英国伦敦的酒商们所推崇，而且成为法国国王路易十五的宫廷御酒。传说，法属圭亚那总督履任前，曾咨询波尔多的医生带哪种酒去上任好，医生当时推荐拉斐酒为最保健养颜的葡萄酒。当总督回国述职拜见法国国王时，后者惊讶地发现总督与出发时比较像是年轻了 25 岁。总督将此归因于拉斐酒的功效。从此，王后和宠妃们都争喝拉斐酒，一时成为宫廷时尚。对法国葡萄酒痴迷有加的美国前总统托马斯·杰斐逊也对拉斐酒评价甚高。

>> 品牌鉴赏

有人称拉斐堡是葡萄酒王国中的巨人，也有人将拉斐堡的神秘比喻成是位大家闺秀，拉斐堡令人激赏，甜美、年轻。

经过战乱和数易其主后，1868 年，银行家罗特施德男爵以 8 倍市盈率买入酒庄，成为拉斐堡的新主人，其家族经营一直延续至今。而上任于 1974 年的埃里克·罗特施德男爵，其锐意革新和苦心经营使得拉斐酒摆脱了 20 世纪 60 ~ 70 年代的平凡而重新达到巅峰。

拉斐堡的红酒，通常要在不锈钢发酵罐中放 3 个星期，再在新橡木桶中放 18 ~ 24 个月。酒庄的正牌酒单宁丰厚，可历久珍藏。

拉斐堡在质与量上均可称为“酒国巨人”。1996 年 10 月 2 日在巴黎铁塔所举行的一场筹措装修美法友谊馆经费的拍卖会上，一瓶 1864 年的拉斐堡拍出 5 万多法郎的高价，充分证明了名酒如名画一样，都是可以永久收藏的艺术品。拉斐堡的大名，再一次扬名全世界。

走向国际化是拉斐堡家族近年的政策。在葡萄牙酿成的卡摩园 (Quintado Carmo)，价格不高，但口感不错，已成为葡萄牙最好的酒园之一了。

（法）木桐堡 Chateau Mouton Rothschild ——奇异的波尔多红酒

>> 品牌精神

把艺术与葡萄酒结合最成功的酒园首推木桐堡。木桐堡每年都邀请著名艺术家提供大作，现在已有许多酒园仿效此法。木桐堡所使用的作品全然是新潮艺术，生气盎然。希腊和罗马神话中，每年春天葡萄树发新芽时都会举行“酒神祭”。酒神巴克斯会与诸神及女徒众饮酒狂欢，这些女徒众名叫巴卡那 (Bacchanal)。许多画家都以此为创作题材。

>> 品牌故事

富有戏剧性的波尔多酒庄木桐堡，从多方面来说都是已故巴朗·罗特席尔德毕生的心血。罗特席尔德于1988年去世。他是诗人、剧团经理及海上游艇赛手。他博学多思，精力无穷；崇尚不鸣则已，一鸣惊人。1923年当他21岁继承庄园时作风也不例外。

1925年，罗特席尔德决定在自己的庄园里装瓶，而不再到波尔多，这在当时是革新性的。二战后，他又出了个别具一格的主意，就是每年请世界有名的不同美术家在标签上半部画点东西，润笔费是5箱(60瓶)不同年份至少窖藏10年的木桐堡干红葡萄酒，该年份出厂的酒装瓶后，再送5箱。许多著名的画家都欣然应允。自1945年以来，像夏嘉尔(Chagall)和安迪·华霍尔(AndyWarhol)都曾在穆顿·罗特席尔德的年份酒标签上留下墨宝。大画家毕加索1973年去世后，他的女儿同意用父亲所绘的酒神祭，作为1973年份穆顿庄园的酒标。1973年波尔多的红葡萄酒，本属平平之年。穆顿庄园的干红葡萄酒，由于用了毕加索的画做酒标，因而成为收藏家的抢手货。有时在葡萄酒的拍卖会上，还能见到这样的情况，人们仅为收集某些年份的商标而出高价钱，似乎瓶里的酒并不重要。

>> 品牌鉴赏

异常高温使木桐堡酿出了并不多见的有奇异酒香、醇厚酒体和饱满酒色的真正极品葡萄酒——“历史上最奇异的波尔多红酒”。

1973年，庄园上升为一等园，以追认其葡萄酒质级数。庄园现在归罗特席尔德的独生女、迷人而有戏剧天赋的菲利宾(Philippine)所有。

1979年，木桐堡和美国的罗伯特·蒙大维(Robert Mondavi)合作，在加州帕纳谷设厂酿酒，并成功地酿出了轰动酒界的“第一号作品”。

木桐堡葡萄园的土壤中有大量的碎石和燧石，这是大比例(78%)地种植卡本妮萧伟昂的原因。庄园的款式更接近拉图堡而不是邻居拉斐堡。1982年的木桐堡很辉煌，1986年和1996年的也很出色，都是卡本妮精华年。

（法）奥比安堡 Chateau Haut Brion

——格拉芙之王

>> 品牌精神

奥比安堡的特色是颜色不太深，酒味极淡、极清香，同时有烟味、焦味、黑莓以及轻微的松露香，堪称世界上酒香最复杂的一种红葡萄酒。有的品酒家认为由舌尖就可以感觉出奥比安堡。所以它是一种属于“美女”的酒，气质逼人，而且越陈越美！无怪乎在每次“盲目品酒会”上，奥比安堡总是被评为第一，原因在于它不会因为通过了严格的挑选，在昂贵的新橡木桶被“侍候”过两年以上，散发出一种慑人的吸引力和浓厚橡木香味而作出“咄咄逼人状”。与此相反，它婉约地向品赏人眨眼，散出其内在的清新隽逸之气，所以行家们当然会给予最高的赞赏了！

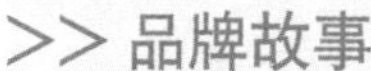

>> 品牌故事

奥比安堡也是波尔多地区的五大酒庄之一，共享波尔多官方评鉴的一等顶级酒荣誉。

奥比安堡在葡萄酒发酵后泵入全新的木桶，并以一种于 17 世纪所开发的方式数度换桶，且在木桶醇化约 24 ~ 36 个月。

在所有的波尔多一等园中，奥比安堡酒是真正的名角，它典雅纯正，无论是新酒陈酒都表现非凡，从不出格。它是老牌子，历史上是格拉芙最绚丽的葡萄酒庄，所产酒也是最早在法国境外卖的单品种园紫红酒，在 17 世纪伦敦咖啡屋里销售，而为复辟时代的塞缪尔·佩皮斯 (Samuel Pepys) 和约翰·伊夫利 (John Evelyu) 等日志学家买醉涂鸦。它曾受丹尼尔·迪弗 (Daniel Defoe)、约翰·洛克 (John Locke) 和乔纳森·斯威夫特 (Jonathan Swift) 的青睐。一个叫塔列朗 (Talleyrand) 的拱门修理工曾一度短期拥有过庄园的资产，但他几乎没有来过这个位于波尔多郊外的迷人庄园。

1935 年美国银行家克拉伦斯·狄龙 (Clarence Dillon) 购买了这个庄园，并投入大量资金修复酿酒厂和葡萄园。让·伯纳·德尔马 (Jean Bernard Delmas) 是

>> 品牌鉴赏

继1959年之后，1989年布利昂堡又推出的极佳红酒，它无论在哪一方面，都使拉斐堡、拉图堡和玛歌堡等酒黯然失色。

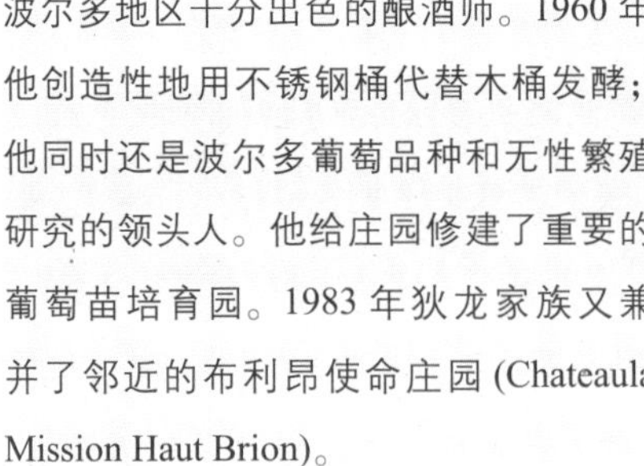

波尔多地区十分出色的酿酒师。1960年他创造性地用不锈钢桶代替木桶发酵；他同时还是波尔多葡萄品种和无性繁殖研究的领头人。他给庄园修建了重要的葡萄苗培育园。1983年狄龙家族又兼并了邻近的布利昂使命庄园(Chateaula Mission Haut Brion)。

奥比安堡酒在一等园中几乎一直是进步和最可亲近的，但不要被它这种易饮的早期魅力所蒙蔽，因为它很具藏酿潜力。1975和1977年的葡萄酒现在才刚到最佳状态；而1982、1983、1985和1986年的还远未日臻完美。

奥比安堡是波尔多顶级酒庄中历史最悠久的一个，就规模来说却是差不多最小的一个。44公顷的葡萄园，根据年度产量不同，每年一共只有12万到18万瓶左右一等酒，其中80%用来出口。换言之，这些酒就像金子一样珍贵。

(匈)驼凯 Tokaji
——酒中之王

>> 品牌精神

驼凯酒能激发情感，拨动心弦，引起思想火花的迸发，给人以美好幸福之感。这是一种感官、浪漫、隐密、情绪化十足的生活。在精神层面上，是私人、暧昧与多愁善感的情感宣泄；是现实世界与梦境天堂间的神秘之门；是耶稣的救赎之血。在物质层面上，则是奢侈、讲究与粉红甜腻的奇特享受；是忘愁止痛与快乐战栗的无间密友；是人生的万能良药。

>> 品牌故事

匈牙利四周环陆，典型的大陆型气候，夏季酷热冬季严寒，西部大湖巴拉通湖（Balaton）为欧洲最大湖泊，是该国重要的葡萄酒产区之一。目前匈牙利约有12万公顷葡萄园，70%用于生产红酒。比较特别的是匈牙利秋季特殊的气候，惯有的阴霾常常笼

罩天际，有利于酿造可口的贵腐甜酒。相较于其他欧洲产酒国，匈牙利葡萄酒多使用该国特有的品种，也因此使得该国葡萄酒风味独具。匈牙利葡萄酒标签上，通常可以看到葡萄品种的名称。

匈牙利葡萄酒凭借着其良好的品质和独特的口感在国际葡萄酒评比大赛中屡获大奖。匈牙利葡萄酒在世界上得到了好评，尤其是著名的驼凯葡萄酒被认为是世界上最优秀的葡萄酒之一。

驼凯产于匈牙利北部与捷克和乌克兰交接的驼凯——赫加尔雅地区，该地区一共有 28 个城镇的产区可以生产驼凯。驼凯最有名的品种是爱真霞 (Eszencia)、奥索 (Aszu)、索莫罗德尼 (Szamorodni)、马斯拉斯 (Maslas) 和福笛塔斯 (Forditas)。

爱真霞是驼凯葡萄酒中最受欢迎的品种，主要供匈牙利国内消费。它的风格坚实有力，味道协调，色泽金黄发亮。

驼凯葡萄酒分干型和甜型，瓶标上印有“Edes”字样的为甜型，无“Edes”字样的为干型。

>> 品牌鉴赏

驼凯酒体呈深宝石红色，凝重高雅，具浓郁复杂的植物类型香气，入口圆润，口感醇厚饱满，后味悠长，留香持久，深受匈牙利人和其他国家饮者喜爱。

（葡）波特葡萄酒 Vintage Port ——珍珠之名

>> 品牌精神

有位欧洲的旅行家曾发表了一篇游记，说他一踏足波尔图马上惊呼，这是一颗被遗忘的珍珠。可能是享负盛名的波尔图红酒已经成了这颗珍珠的代名词。穿行于山地高山间的杜罗河最后横穿葡萄牙的第二大城市波尔图注入大西洋，那里常说的一句话是：在葡萄牙水比酒还贵。说明了这个国家缺少雨水，而且是一个盛产酒的地方。提起葡萄牙的酒，最有代表性的是波尔图红酒即波特葡萄酒。

>> 品牌故事

说起波特酒的发明，就必须提到二三百年前，在波

>> 品牌鉴赏

寇黑塔波尔图酒 (Colheita or Dated Port) 特定同一年份的超级品质波尔图酒，在木桶中培养至少7年以上才装瓶。在木桶培养中，新鲜果香减弱，酒香增加，有各种干果香气和香料香，香气复杂。随着陈年时间加长，酒的颜色会变浅，成为金黄，非常老的波尔图酒会带有绿意。

特经商的英国人了。当时为了使外销的酒，可以经过长时间的海运而不变质，他们在红酒里加了一定百分比的白兰地，后来发现，这样兑出来的酒，不但可以不变质，而且原来红酒中的涩味没有了，酒的口感也更加润滑顺畅。流传至今的波特酒就是这样生产出来的。上好的波特酒可能要藏于橡木桶内十年二十年，甚至三四十年时间来进行发酵。

波特酒非常特殊。首先是葡萄种植产地的特殊，波特酒的葡萄产地在葡萄牙杜罗河中上游沿岸的山坡，一般称为杜罗 (Douro)。杜罗河从西班牙进入葡萄牙，横贯葡萄牙流入大西洋。中上游是条件最艰困的地方，坡度相当大，有时达 60 度，葡萄园挂在山上。那里没有土壤，波特酒葡萄种植在片岩上。由于山脉挡住了大西洋的强风，冬季寒冷，夏季干燥，唯一不利的是秋季降雨，有时会影响葡萄品质。直到 20 世纪 70 年代，这里才有电力，到 80 年代才通公路，是个非常隔绝的地区。

走进酒厂，马上会有一种回到遥远过去的感觉。简陋的厂门，长着草的房顶，它曾经是波尔图最负盛名的酒厂。1756 年，葡萄牙的国王创立了这家韦利亚公司。18 世纪，英国人来到了波尔图，开始大规模地贩卖波尔图酒到欧洲各地。他们发现杜罗河流域的葡萄种植区出产的葡萄明显地比欧洲其他地方栽种的葡萄要好，因此杜罗酒的出口量快速增长，市场上供不应求。但杜罗河优良葡萄产区就这么大，为了生意兴隆，酿酒商开始把杜罗河葡萄

产区中，由地势较低的地方种植出来的、质量较次的葡萄也用于酿造品牌好的杜罗酒。为了维护波尔图酒的出口长远利益和声誉，国王下令由韦利亚公司负责整个波尔图酒的质量监测并明确划分出等级，品质好的酒只能用从指定的杜罗河岸的高地上生长的葡萄来酿制。韦利亚公司的资料馆里，至今还收藏着大量完整的，关于它从开始监管市场出口以来的各种资料。

韦利亚的藏酒窖有4000个橡木桶，目前它们主要用于生产3年期的波特酒，这个建于半地面的藏酒窖已经有上百年的历史，这里出产过多少酒，难以计数，难以想象。一般橡木桶可以使用70年，装着酒的桶每5年就要把酒换出来，然后清洗桶内那些在发酵过程中从酒里置换出来的杂质。存放着酒的桶也会出现裂缝和渗漏，在酒窖里工作的酒桶维修匠总能巧妙地修补好它们。酒窖的常温是19° C，厚实的木房顶，地上铺垫的砂，都起到恒温的作用。

由于波特酒都是在没有完成发酵时就中止发酵，糖份不能完全转化为酒精，所以波特酒是甜的，非常适合餐后配合黑巧力或者咸味起司饮用。当然用之搭配烤肉也是种很独特的享受。

白葡萄酒物语

——酒中之钻

没有葡萄酒的一餐，如同没有阳光的一天一样暗淡。

近似无色、浅黄带绿、浅黄、禾秆黄亦或金黄色，果香芬芳清新，酒香和谐醇美，口味幽雅细腻，在葡萄酒的世界里，白葡萄酒堪称风情万种的千变美女。欣赏白葡萄酒犹如欣赏书画等艺术品一样，绝对是美的享受与精神上的感染和满足：轻捏晶莹透亮的郁金香型高脚杯，将杯中的酒上下左右轻摇并转动，好的葡萄酒，特别是甜的白葡萄酒，一定会挂杯；然后，把酒杯放在唇边微暖并用鼻尖吸一吸，以辨别它的香味……你可以轻松自在地浅啜谈笑，也可以细品其中蕴藏的深邃滋味，喝白葡萄酒是气氛与感官的双重欢娱。

累了、闲了，轻呷慢品一小杯清爽的白葡萄酒，感觉文化、品味时尚，这种享受，想想就醉了。

（德）鲁信博士 Dr.Loosen
——德国酒的骄傲

>> 品牌精神

世界顶级葡萄酒生产商谈到自己的葡萄酒时都有点怪。一些人因情之所至，一举一动恰如喜剧专家。而另一些则泰然自若，不喜形于色。目前只有少数的酒厂仍旧坚持着传统，严格地挑选与淘汰顶尖的葡萄园里所种出最好的雷司令（Riesling) 葡萄来酿造他们的白酒，而始终不愿妥协在无限量的增产与图利的潮流之中，以完成他们对德国莫舍尔 (The Mosel valley) 酒的使命与期许，而鲁信博士酒厂就是这始终不曾放弃梦想，而又寥寥可数的酒厂中的一员。

>> 品牌故事

鲁信博士庄园的所有者艾尔尼·鲁信 (Ernie Loosen) 的言行很容易被认为是怪僻。他为了酿制优质酒，几乎打破了教科书中的所有规矩。他的葡萄园小而处理不易，葡萄藤未经嫁接，用有机方法种植，产量低，果实小。但于酿成优质雷司令酒亦即世界优质葡萄酒不仅无碍，反而有利。

鲁信博士葡萄园由莫舍尔中部的一些小葡萄园组成，距边卡士梯尔 (Bernkastel) 约 12 英里。有些葡萄园属于他的父母，此前用圣约翰尼斯霍夫 (StJohannishof) 和布格维拉—普隆 (Bergweiler-Prum) 标签出售。20 世纪 80 年代末，艾尼尔继承了这些葡萄园，标签改为“Dr.-LooSen”，那儿的葡萄树有 100 年的历史。

艾尔尼·鲁信曾重新引入了 1971 年葡萄酒法废除的葡萄园分级概念。天堂葡萄园过去常认为是第一土酒 (Premier Cru)，而鲁信其他的葡萄园则是属正土酒场。无怪只有少量的雷司令葡萄了。

对于鲁信博士这种一年只有不到 6000 箱的葡萄酒产量而言，大概花不了太多时间一些规模庞大的酒厂就能酿出同样数量的酒来。可是也就是在这些原则与鲁信博士酒厂 200 多年来家族经营的特有风格中，酒厂一贯的作风与传统得以维持。对于鲁信博士来说，除了想要酿出好酒之外，大概找到好地方种葡萄便是他们最专注的事情了，这些年来他们不断寻找也陆续收购了不少条件极佳的葡萄园纳为酒厂版图的一部分。鲁信博士酒厂所属的五个葡萄园中三个被认定是全德国最好的一级葡萄园，另两个被归类为次佳的二级葡萄园，这在葡萄园与酒厂多如牛毛的摩塞尔河区域来说，能够拥有

>> 品牌鉴赏

有矿物和百花香，口感甚佳，留香很长，这种酒是交谈时的最好伴侣，搭配不太甜的点心非常理想。完美，令人无法抵抗。

全部都是这么优秀葡萄园的酒厂还真没几个。

而这同时，鲁信博士酒厂也不曾辜负如此优异的先天条件，在休·约翰逊（Hugh Johnson）的酒手册与德国酒指南这些评论德国酒的章节当中，都把鲁信博士酒厂列为最高等级的酒厂，由此就可以得知鲁信博士在国际葡萄酒迷与专家眼中的地位。

如果不曾知道什么是德国酒的骄傲，那就试试鲁信博士吧！

（匈）皇家托刻伊 The Royal Tokaji ——国王之酒

>> 品牌精神

没有什么酒像托刻伊酒那样自称为“天者之酒”了。18 世纪当托刻伊酒被引入法国宫廷时，路易十四曾这样赞誉它。后来，哈普斯堡 (Hapsburgs) 把它又引入俄罗斯，沙皇对其亦颇有好感。

>> 品牌故事

托刻伊是世界上顶级的甜酒。18 世纪勇敢的驻园士兵誓死保护凯瑟琳王妃的葡萄园，法王路易十四因而赞誉它为：国王之酒，酒中之王。

托刻伊位于匈牙利布达佩斯东北方约 200 千米处，耸立在格雷特平原上，标高 528 米，有博德·罗格河流经此地。其冰冷的河水为托刻伊区带来了潮湿的雾气，蕴育出了排名世界前两名的贵腐葡萄。

其纬度与法国罗亚尔河地区相同。但这个产区宣称是第一批划定的质量控制区，与波特的生产商同持此声明；它还宣称是自己首先发现蚕真菌病的有益形式——比德国最早的记录还要早一个多世纪。

1989 年，大部分的葡萄园还属于私人庄主所有。不过每个都相当小，酿酒仍须集中进行。原来的国家葡萄酒托拉斯 (State Wien Trust) 分裂成了七个企业，其中之一仍属国家所有，另外六个变成私营的了。

第一个私人公司就是皇家托刻伊葡萄酒公司。最初它是由外国投资者支持的 63 个庄主的合作社。1993 年它被英国—匈牙利联营公司购买，公司名誉主席是著名的英国葡萄酒撰稿人及广播员休·约翰逊 (Hugh Johnson)。皇家托刻伊葡萄酒公司自 1990 葡萄年起便一直生产葡萄酒。

新公司决定改革为不少人奉行数世纪的酿酒工艺，这不无争议。过去托刻伊葡萄酒用未装满的酒桶藏酿，酿酒师称此为留空(onullage)。酒桶放在低温、黑暗的地道中，结果氧化很缓慢。新酒则尽可能不和空气接触，按还原法制造。结果是成酒更具果香，而减少了焦糖和太妃糖味。托刻伊公司认为这是恢复旧日的款型，而另一部分人则认为氧化款型才是托刻伊酒的特征。孰是孰非，莫衷一是。不过皇家托刻伊酒在其他方面确实取得了不少进步。葡萄产量显著下降后，他们重新对葡萄园进行了分类。现在葡萄品种已经恢复，托刻伊酒已不是整齐划一的产品，并因此恢复了其应有的名声。

与其他的各种顶级甜酒一样，托刻伊酒也是用蚕真菌感染萎缩的珍萎葡萄酿成的。不过在这里珍萎称为阿苏(Aszu)。先把阿苏浆果搅成糊状，然后把它加进酒底，进行再发酵。加入的葡萄的数量是用传统的普东尼奥(puttonyos)法度量的，其值越高，则越好、越甜。阿苏葡萄酒一般都会标出普东尼奥数字：3~6是可能值范围，不过一般5是常见的最高值。

>> 品牌鉴赏

丰富的香味、甜味在喝下此酒时遍布全身。完美的香气、干净而无杂质，夹带着杏仁、无花果、香子兰的味道。入喉后口感清新含有淡雅的柑橘香。它因此受到《热情之酒》的好评。

（法）狄康堡 Chateau D' Yquem
——甜白酒之王

>> 品牌精神

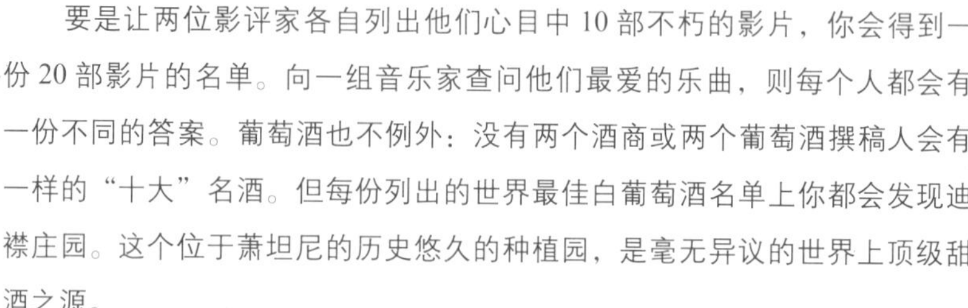

要是让两位影评家各自列出他们心目中 10 部不朽的影片，你会得到一份 20 部影片的名单。向一组音乐家查问他们最爱的乐曲，则每个人都会有一份不同的答案。葡萄酒也不例外：没有两个酒商或两个葡萄酒撰稿人会有一样的“十大”名酒。但每份列出的世界最佳白葡萄酒名单上你都会发现迪襟庄园。这个位于萧坦尼的历史悠久的种植园，是毫无异议的世界上顶级甜酒之源。

>> 品牌故事

狄康堡是波尔多南部一个特等酒园，该园历史很悠久，现归属绿沙绿斯家族所有。这里配制的狄康堡甜白酒通常需 4 株葡萄树才能酿出一瓶，严格的品质管理使这种甜白酒在法国出类拔萃。狄康堡甜白酒的特色在于它内含一股细腻与深沉的华贵气息，因而素有法国“甜白酒之王”的美誉。

萧坦尼是离波尔多城东南约 48 千米的格拉芙 (Graves) 所包围的一块小飞地。这里不太稳定的气候状况能生产出顶级的甜酒，异于波尔多所有其他地方。这一地区由低矮的几座丘陵和连绵而浅阔的河谷组成。西龙 (Ciron) 河纵贯本区而进入巴尔萨南部的嘉朗 (Garonne)。秋天天气好的早晨，薄雾从嘉朗上升，沿西龙河上行，笼罩整个葡萄园。接近中午，雾水蒸发，葡萄园沐浴在秋日和煦的阳光中。这是发生“珍萎”的理想环境。这里地方名号只用于甜酒，生产其他葡萄酒都只能简单地用 ACBordeaux(波尔多名号监控) 出售。像美铎（法国葡萄酒产区）一样，最好的庄园按 1855 年 4 月划分为第一土酒 (Premiers Crus) 及第二土酒 (Deuxiemes Crus)，但最上等的超级第一

土酒 (Premier Cru Superieur) 只有狄康堡一家。

庄园名字的起源已经失传，但其产业历史却被完整地记录了下来。在英国波尔多统治时期，从1152年迪襟就为当时的亚奎丹公爵所管辖。1453年，在查理七世统治期间，它回到法国人手里。后来它先归属于索瓦日 (Sauvage) 家族，1785年，通过佛兰素娃茜·约瑟芬·德索瓦日 (Francoise—Josephine de Sauvage) 与路易·阿梅代·德鲁尔·萨吕斯 (Louis—Amedeede Lur Saluces) 的姻亲关系，转为尔·萨吕斯家族所有。他们管辖庄园直到1996年把庄园的大部分股份卖给了香槟干邑装运集团路易·威登（LVMH）为止。1968年亚历山大·德吕尔·萨吕斯伯爵接管庄园。

>> 品牌鉴赏

琥珀般的深金黄色，在玻璃杯侧边粗直地淌下，这是凝缩的表象。有上佳年份的十分浓郁及优雅之味，绝妙之极，非一般笔墨能够形容。

和大多数的波尔多不同，这里的葡萄种的是森美戎葡萄和白萧伟昂葡萄，大多是白葡萄。前者易于发生珍萎，后者酸性较强。大部分工作仍用老方法、慢节奏方式进行，这意味着在细节上要花费心思。耕地仍用马拉犁，剪枝及引枝也须用手工。收获选择要求高。要采摘多次，每次都只摘下萎烂程度最深的葡萄，其他留待下次达到要求时采摘。总产量可能会低到每英亩仅约386升。平均每10个葡萄年，都会有一个年份收成不够好，所酿的酒不以庄园的标签出售。

几十年来，榨汁仍用旧式的小型篮式压榨机，但这是最佳选样，因为不是所有的葡萄都一下子准备好的。发酵均用新橡木桶，但如同所有顶级萧坦尼葡萄酒，因蚕真菌而产生的凝缩的气味盖过了橡木的香子兰。橡木桶主要是酿成复合成分而不是添加芳香。接着在橡木桶中藏酿，藏酿期依年份质量而不同。

各种葡萄酒不是同时上市的，迪襟庄园通过波尔多的一些经纪人出售，一年限量地供应三四次。它们不全是来自最近葡萄年酿制的。目前迪襟庄园储存了8个年份的葡萄酒，以保持其声誉，并保证一些藏酿中等的葡萄酒供应。

（德）爱梅里赫·克诺尔庄园 Weingut Emmerich Knoll

——多瑙河上的琼浆

>> 品牌精神

爱梅里赫·克诺尔 (Emmerich Knoll) 是一个谦逊的人，他觉得酒评论家们给他的许多桂冠都为过誉，不过他酿制的雷司令酒和格联纳威特林那 (Gruner Veltliners) 酒的确是世界上的顶级葡萄酒。

>> 品牌故事

华茨豪谷 (Wachau Valley) 狭长而陡峭，在多瑙河上不知度过了多少漫长的岁月。梯田式葡萄园俯瞰着这条河，享受着达拉贝河反射给它的阳光，就像德国的莫舍尔狭谷 (the Mosel Valley) 中最好的葡萄园那样。气候也如莫舍尔般凉爽，不过秋季通常会更长和更稳定。低温需要较长的成熟季节，这里的葡萄一般到 11 月才收获。在产区的东端，多瑙河大转折的北岸，有座景色秀丽的小村庄，也就是克诺尔家族生活了 200 多年的故乡。

克诺尔庄园仅 28 英亩，大部分种植两个品种，但约 1/10 的土地种费恩布尔宫达 (Feinburgunder) 葡萄 (即谐同耐葡萄)、缪士喀德勒 (Muskateller) 葡萄和特勒民那 (Traminer) 葡萄。庄园由四个基本的葡萄园组成：来本堡 (Loibenberg)、舒特 (Schutt)、普法芬堡 (Pfaffenberg) 和克莱堡 (Kellerberg)。每种葡萄酒在其葡萄园的设计上都有特色。土质基本上是片麻岩和沙质黄土，排水性能好，故表面干燥，也比较暖和。在气温较低的地区，土壤的这些不同性质是出产好酒的成败关键。

各种葡萄不是同时收获的。爱梅赫·克诺尔深信好酒一定要选用完全成熟的葡萄，而按当地气候条件葡萄是不会同时成熟的。因此采摘葡萄要有选择地多次进行，以采摘到最成熟的果实。世界上的甜酒都用这种完满的收获法，但无甜白葡萄酒就少见了。

发酵用的容器既有不锈钢桶也有大木桶

>> 品牌鉴赏

有成熟果香，带几许蜂蜜和一缕鲜花香。成熟的感觉造成橡木印象。单独饮用就相当出色，搭配食物则需是高级珍馐，否则就如明珠暗投。

(1205~5410升)。温度一般控制在20度以上，相对比较高。换桶后，浅嫩的葡萄酒用干净的酒桶藏酿较长一段时间才装瓶。使用大而旧的木桶，增加酒的成熟程度而不是橡木味。这些酒要到爱梅里希·克诺尔认为时机已到时方才装瓶，而具体时间要视葡萄酒的品种及年份来定。

(美)罗伯特·蒙大维 Robert Mondavi Winery ——随性的酒

>>品牌精神

葡萄酒似乎是个海纳百川的行业。你可以墨守成规，安于现状。几英亩葡萄园，数百或数千箱酒，不变也是一种风格，总有些葡萄酒爱好者执着于风格不变的酒。你也可以在年过半百时开始创新，走向人生的另一个辉煌。美国高档酒的先驱罗伯特·蒙大维(Robert mondavi)就属于后者，在提高加利福尼亚葡萄酒质量乃至形象方面，可能没有谁做得比罗伯特·蒙大维更多了。

>>品牌故事

罗伯特·蒙大维(Robert Mondavi)是美国最著名的葡萄酒商。他是个不断创新的酿酒师，也是加州葡萄酒之父，没有人比他更沉缅于品酒的乐趣。他一直抵抗美国新禁酒主义者的攻击，是葡萄酒工业的守护人。

20世纪60年代，当时罗伯特和弟弟彼特共同经营的查尔斯·克鲁格酒庄成长为那帕最大的酒庄之一，生活安逸稳定。然而，1962年的欧洲之行改变了罗伯特的人生轨迹。在欧洲，他考察了主要葡萄酒生产国，特别是法国顶级酒庄的酿酒方式，观察欧洲葡萄酒的趋势，品尝欧洲葡萄酒和美食，体会欧洲生活的优雅品位，预测未来加州葡萄酒的发展方向。他认为，那帕具有与法国著名葡萄酒产区波尔多和勃艮第同样的自然条件，甚至更好的机会。欧洲之行令罗伯特开阔了眼界，看到了机会，他下定决心迎接挑战，酿出与法国顶级酒庄同样的葡萄酒，使那帕在世界葡萄酒地图上成为坐标。这种远见卓识并非每个人都具备，也未必会被每个业界的人了解。1966年，罗伯特开始购买葡萄园，修建罗伯特·蒙大维酒庄。那年，他53岁。

罗伯特·蒙大维酒庄是那帕地区在美国禁酒令解除后第一个新建的酒庄，具有许多新特点，是以加州特别是教会对

>> 品牌鉴赏

罗伯特·蒙大维酒庄一贯倡导葡萄酒的喝法可多种多样，应该凭时况和自己的口味及兴趣定，这同中国的“随心所欲”生活哲学倒挺吻合。但无论怎么喝，罗伯特·蒙大维都能令你体会到生命的醇美。

葡萄酒发展的历史为背景设计而成的教会式建筑。这座酒庄是那帕的标志。

1966年秋，尚未盖好屋顶的酒庄迎来了第一个收获季节。就在这个季节，罗伯特开始在酿造白葡萄酒时采用冷发酵法。这是新酒庄建立后的第一个发明。罗伯特·蒙大维酒庄首次在那帕使用不锈钢发酵桶，新酒庄对压榨以及设备进行了多种试验，以期找到最佳的方式和相应的设备。对那帕、加州以至美国葡萄酒业影响最大的还是罗伯特·蒙大维酒庄，第一次使用了法国橡木桶陈酿，这是罗伯特1962年考察法国五大酒庄时总结出来的陈酿顶级酒的关键。一旦开始自己的酒庄，他便立刻着手实施。法国小橡木桶陈酿使酒的结构复杂，味道层次丰富，特点鲜明，并逐渐显出法国波尔多和勃艮第酒的那种精致和优美。其他发明如装瓶加木塞前的抽空等等，也都体现出罗伯特为提高酒的质量勇于发明和实践的精神。

威士忌物语

——液态黄金

威士忌（Whisky）毫无疑问是属于男人的，正如在德语和法语里，威士忌作为外来词都是阳性的名词。

“在洁净宁静的酒吧，装有核果的罐子，低沉的声音播放着M.J.Q的凡登。然后双份的威士忌加冰……”这是村上春树小说中典型的情景：爵士的背景下，双份的威士忌加冰，浓烈中见随意。

威士忌发源于爱尔兰，精华得益于4世纪左右的炼金术，偶然发现在炼金术的锅炉中放入某种发酵液体会产生酒精度数强烈的液体（这就是人类初次获得蒸馏酒的经验）。炼金术士把这种酒以拉丁语命名为生命之水（Aqua Vitae），且视为长生不老的秘方至宝。最终在埃及一带整合成系统，同时向西方扩展到非洲北部，并于中世纪初传到西班牙。

和葡萄酒不同的地方是，“时间”是制造优良威士忌极为重要的因素，装瓶威士忌的品质好坏与其在酒桶内酝酿的时间长短有极大关系，酝酿时间愈长，气味和口感会愈加馥郁浓烈。一般12年是一个很好的时间，所以才会经常看到芝华士12年苏格兰威士忌和金雀12年苏格兰威士忌（The Famous Grouse Gold Reserve12yr Scotch Whisky）的广告横行在各个媒体空间里。

这一点，也有一点像男人——时间是塑造一个好男人的必要条件，从青涩的男孩气到成熟的男人味，又不太老于世故，12年，不长不短，正是个合适的时间。

世界上许多国家和地区都有生产威士忌的酒厂，但最著名且最具代表性的威士忌分别是苏格兰威士忌、爱尔兰威士忌、美国威士忌和加拿大威士忌四大类。

有品位的男人都拒绝不了“液态黄金”威士忌的诱惑，这种为男人量身打造的佳酿在唇舌之间透露人生百态，萦绕间把男子气散发到极致。

（英）格兰菲迪 Glenfiddich
——单纯至美

>> 品牌精神

格兰菲迪强调独立精神，产品一直走在时尚前沿，非常诱人，从来没有屈服于肤浅的诱惑。时至今日，格兰菲迪已成长为全球最受欢迎的麦芽威士忌。销量不断增长，定单如雪片般飞来。它坚持使用优质麦芽，1886 年的蒸馏器沿用至今，所有格兰菲迪产品仍然在百年前的原产地生产，遵循精致的传统工艺。格兰菲迪威士忌一直如水晶般纯净，因为它经历了百年的精炼，始终坚持独立的精神。

>> 品牌故事

格兰菲迪酒厂由威廉格兰于 1886 年秋天在苏格兰高地的中心——斯宾塞地区创建。他决定酿制“峡谷中最好的佳酿”。斯宾塞拥有清澈甘冽的乐比多泉水、金黄饱满的大麦、清新的高原空气，为酿造高品质威士忌提供了完美的自然条件。优质的麦芽、精致的工艺、勤奋和对传统的执着使得这个家族生产的麦芽威士忌异乎寻常如水晶般纯净。酿造麦芽威士忌的原料只有三种：发芽的大麦、酵母和春天的泉水。但只有在苏格兰境内蒸馏并在木桶内成熟至少 3 年的，才能称得上是苏格兰威士忌。而格兰菲迪，是唯一在原厂装瓶的苏格兰高原麦芽威士忌，必须使用同一水源，蒸馏后再保存 12 年以上才装瓶！

>> 品牌鉴赏

轻轻抿一口，仿若蜜汁般柔顺甘美与深邃迷人的烟熏味巧妙交融，8 年前春天的气息正带着隐约的泥炭香味穿过岁月，如同一首韵味悠长的诗。

格兰菲迪品牌的纯麦芽威士忌是当今世界最畅销的单一麦芽威士忌，具有高雅的嗅感，带有苹果味和木香，浓郁并非常醇厚，有一丝甜味，橡木香与大麦香的完美平衡，品后口感持久、柔和、圆润，隐约带有一种泥炭味，酒龄至少 8 年。而罕见的酒龄 18 年的特级格兰菲迪克，都在它的传统库房成熟了至少 18 年。传统库房均由厚石建成，屋顶不高，这种环境最适宜威士忌的成熟，以生产出高品质的麦芽威士忌。

格兰菲迪窖藏陈酿（Glenfiddich Ancient Reserve）是一款专为鉴赏家生产的麦芽威士忌，更是一件精美的工艺品。它成熟于由格兰菲迪调酒师精选的Oloroso雪利酒桶和传统波本橡木桶。传统橡木桶带来的橡木清香补充了从雪利酒桶中得到的甘甜，达到了完美的平衡。

格兰菲迪包含着苏格兰人关于极境的理解——最单纯即最美。这是永恒的潮流。

（英）威雀 Famous Grouse
——苏格兰之丝

>> 品牌精神

苏格兰的特色，除了格子裙，最著名的便是令全世界无数饮者心醉神怡的醇美威士忌！高地特别的风土、水质和酿酒的悠久历史孕育了最上等的苏格兰威士忌。

苏格兰威士忌可分为纯麦芽和渗杂两种。目前世界上最流行的牌子最繁多的是渗杂的苏格兰威士忌。威雀 (The Famous Grouse) 就是其中的佼佼者。

>> 品牌故事

18世纪末，马修·格洛格家族于苏格兰皮尔斯创立了一家独树一帜的烈酒酿制厂。它所生产的威士忌中最具代表性的就是口感异常顺滑的“苏格兰威士忌”。

威雀是一种栖息于山区的野生鸟，其色泽为红棕略带浅灰，与其栖息处之自然景观颜色非常接近。英国皇室远赴苏格兰狩猎威雀时，必携带格洛格威士忌作为御寒及狩猎成功庆贺之用。时至格洛格家族第三代（约19世纪末），家族当权者乃决定将“威雀”与其产制的威士忌酒结合。

当格洛格威士忌日渐深受欢迎时，其名称也正式演变为“威雀斯高威士忌”。现今苏格兰仍非常流行狩猎威雀，其盛况正如同威雀苏格兰威士忌，在苏格兰仍保持其领导品牌地位一般。

根据1998年国际饮料公报统计，威雀苏格兰威士忌本年度之销售成长率超过10%，排名为全世界十大苏格兰威士忌之一，但在苏格兰本地则为第一品牌，拥有超过20%的市场占有率；在全英国排名第二，占全英国13%的市场占有率。

苏格兰在英伦三岛的北部，其地理位置使得威士忌的原料能够生长在优越的气候环境里，而这些环境以及当地的水源恰可使这些原料最适合于制作威士忌。

苏格兰威士忌的原料至少60%是来自于谷类，而其余部分则是被加入的麦芽。加入的麦芽是酿制威士忌的关键，各个酿酒商均以此来达到其威士忌在口味方面的平衡，从而产生独特的香味。

威雀斯高威士忌由经酝酿12年、精挑细选的上佳麦芽及优质谷物调配而成，是最受欢迎的苏格兰威士忌。酿制此酒秘诀，在于世界驰名的纯麦芽威士忌 The Macallan 及 Highland Park 威士忌，必须至少酝藏在橡木桶内12年，让其发挥独特丰富的特质，然后调配成金雀12年苏格兰威士忌。这种酒具有醇厚的口感及非凡的顺喉感，难怪被誉为“苏格兰之丝”。

作为苏格兰的象征，200多年以来，金雀威士忌一直赢尽世界各地威士忌饮家的欢心。苏格兰大诗人彭斯曾赋诗盛赞此佳酿：“往事美好，且尽此杯。”

>> 品牌鉴赏

品质卓越，味道一流，金雀成为苏格兰人最受欢迎的威士忌，各大酒评家皆以金雀威士忌作为评定苏格兰威士忌的准则。

（英）芝华士 Chivas Regal
——完美经典

>> 品牌精神

“芝华士”，对于许多人来说，几乎是“苏格兰调和威士忌”的代名词。优良服务、品质上乘及物超所值这些特点，令芝华士成为完美的经典，代表了超凡脱俗的品味和与众不同的大气。制造苏格兰威士忌需时颇久，由大麦加工直至威士忌的诞生，起码需时3年。制造优质麦芽及谷物威士忌更需时间和精力，正因如此芝华士才不负盛名，备受推崇。

>> 品牌故事

日本著名小说家村上春树一直对威士忌有着深沉的喜爱，反复在其作品中用威士忌来烘托气氛。他在小说《海边卡夫卡》中，让“约翰尼·沃克”

变成“猫之杀手”，却让“芝华士”成为他放松心情品尝佳酿的首选。

“Schivas”源于苏格兰盖尔特语，意即“狭窄的地方”，形容在苏格兰东北面，一座靠近伊塞河的中世纪古堡，该处河道浅窄，可涉水而过。据历史记载，第一位芝华士男爵出现于14世纪初期，当时苏格兰正受到内战影响，饱受英格兰进攻的威胁。

芝华士品牌，和英国皇室有着不解之缘。它的历史可追溯到19世纪初期，位于苏格兰东北海岸线繁华的阿伯丁镇上，詹姆士·芝华士和约翰·芝萨士两兄弟经营着一家杂货店，完全由于巧合，他们发现了用几种不同口味酒调和的艺术，同时还发现了用橡木桶储酒的秘密。1842年秋天，维多利亚女王首次造访苏格兰，就爱上了这里美丽的风景和威士忌。1843年，其受欢迎程度为芝华士带来了第一张皇室委任状，指派芝华士兄弟为“女皇殿下御用杂货供货商”。

1857年，芝华士兄弟俩正式创立了芝华士兄弟酒厂，酒厂调制的威士忌出人意料地受欢迎，从英国各地来的订购单蜂拥而至。随后的时间里，芝华士的继承人不懈地研究配方，希望生产出的威士忌能符合芝华士在半世纪前所订下的特别要求。最后，经过多年的研制酝酿，举世知名的皇家芝华士威士忌终于面世。无视第一次世界大战及美国禁售的压力，芝华士日趋昌盛，就连当时一把无情的大火把公司里所有档案、生意记录、样品烧毁，对公司持续增长的业绩也都未产生影响。

第二次世界大战爆发后，食物短缺，配给紧张，然而芝华士多年前储存大量优质威士忌的决定，令公司幸运地度过一大难关。

1950年，芝华士兄弟公司开始寻求麦芽威士忌的稳定供应源，收购了高原上最美丽及历史悠久的酿酒厂——萨特拉酿酒厂。现今塞特拉酿酒厂已是芝华士兄弟公司的核心物业。

芝华士12年苏格兰威士忌备受世界各地鉴赏家推崇，成为所有蒸馏酒液的完

>> 品牌鉴赏

芝华士是苏格兰调和威士忌的代表作之一，口感华丽又均衡，浓郁又不失柔顺，是男人与贵族气息的完美体现。

美模范，属于最佳的苏格兰威士忌。每一种麦芽或谷物威士忌都会带出芝华士的独特个性，岁月亦可令酒味更醇。首席调酒师的工作，在于把这些经过最少12年成熟期的威士忌混合，带出独一无二的芝华士12年苏格兰威士忌。

首席调酒师柯林·萨柯特认为，好的调酒师应清楚了解每一种威士忌的特质，从而调出优良的酒，而芝华士12年苏格兰威士忌色泽迷人，口感丰富醇厚，乃威士忌中的经典。

（苏格兰）皇家礼炮 Royal Salute
——天之骄子

>> 品牌精神

说到皇家礼炮，不得不说它所带来的一切感受均和那些天之骄子惊人的吻合。按照威士忌专家吉姆·穆雷在《经典苏格兰威士忌》一书中所言：皇家礼炮 (Royal salute) 是种口味丰富、完美而又沉着似水的威士忌。它让你的嗅觉敏感，橡木的干涩混合麦芽的清香，那种整体上的平衡感让人印象深刻，是一种值得鉴赏家们拿在手里慢慢品味的酒。

>> 品牌故事

芝华士系列中的极品“皇家礼炮21年威士忌”(Royal Salute21Y)，是为庆祝英女王伊丽莎白二世的加冕而于1953年特别酿制的。这个名字起源于一个古老的传统：皇家海军为了表达最高敬意对天鸣放21响礼炮。

皇家礼炮21年苏格兰威士忌是男人喜爱的威士忌中的极品——“生命之水”。男人和酒，两者本就是合而为一的。

我们都知道对一个以优秀为目标的男子而言，环境是极为重要的，它可能决定了一个人生命的轨迹。大多数成功而杰出的男子都诞生并成长在一个高贵而知性的环境中。同样，皇家礼炮威士忌的灵魂源泉——苏格兰斯佩塞德地区正是国际公认的出产最好的麦芽威士忌的地方。那儿拥有独一无二的气候环境，清冽的泉水和别致的景貌，为皇家礼炮的完美诞生提供了丰富的前提。

淘汰，是精华存在的必经过程。为成为一个富有魅力的成熟男士，往往需要满足种种条件，其中不可避免的就有大部分不合格者被残酷淘汰，正是层层严格的考验才保证了这个称号的分量和经久不衰的品质。让人惊讶的是，皇家礼炮的筛选几近到了残酷的地步：首先配料中麦芽威士忌和谷物威士忌必须经蒸馏后取其最为精华的部分，而到装桶后，还需经过至少21年的酝酿，按照经验这些橡木桶中的精华将再次减少40%——只有到这时候，皇家礼炮才可以进行真正的调和。

事业往往被视为男人的第二生命。事业，给他们的人生带来了责任和压力，也让男人们变得成熟而富有经验。

也许这可以用皇家礼炮的酝酿工具——橡木桶来形象地比喻。首先，这橡木桶的筛选要求它有足够的牢固度以保证可存放相当长时间，此外必须是要曾经存放过西班牙雪利酒或美国波本威士忌。橡木桶将皇家礼炮发酵成精品的漫长岁月，不正像男人们在事业中历经磨难逐渐成长的时光吗？

完美的包装更能将酒的品质和地位充分体现出来。为打造皇室形象，“皇家礼炮”从名称到包装，环环紧扣皇家主题：每一瓶手工打造的蓝色瓷瓶，皆由英国知名陶瓷厂“韦德”的工匠花费6天制作而成；皇家礼炮精美的红、蓝、绿三色瓷瓶是为了缅怀19世纪甚至更早的传统威士忌酒瓶，它的色泽是映像女皇王冠上的红、蓝宝石和翡翠。完美的威士忌在这别致的瓷瓶中，配有一只合身的天鹅绒锦囊作为保护。当这一切被安置到一个精雕细刻的金铜色外盒中时，一件完美夺世的极致佳品也诞生了。

这男人和这酒，是否有着惊人的相似呢？这也难怪皇家礼炮会成为那些耀眼男子的杯中挚爱了。

在和朋友一起享用皇家礼炮威士忌时，除了美妙的酒，似乎还隐含着我们对完美的一种追求，那是淡淡却又无处不在的一种优雅，把朋友之情更加矢志不渝地发展下去，有这样历经锤炼的酒相伴，什么样的友谊不能天长地久呢？

>> 品牌鉴赏

只有经过漫长岁月的醇化，才能造就丝毫没有烟火气的艺术品，酒是如此，人何尝不同此理？

（美）杰克·丹尼 Jack Daniel’s
——优雅的田纳西

>> 品牌精神

杰克·丹尼更像一个妩媚的女人，恬静温柔，内敛优雅。多年以来，对于品酒及酿酒的人来说，无论国酿也好，洋酒也罢，品牌一直是酒的一种身份象征。杰克·丹尼作为世界知名的酒类品牌，曾达到全美销量第一，全球销量第四，多年来高居美国、全球威士忌销量冠军。

>> 品牌故事

杰克·丹尼的酿酒厂是美国最古老的注册酿酒厂，创立于1866年，坐落于盛产上好米、黑麦以及大麦芽的田纳西山谷。杰克·丹尼田纳西香醇威士

忌一直沿用杰克·丹尼在 1866 年所使用的方法，并始终遵循其创始人的座右铭：滴滴精酿，始终如一。

杰克·丹尼的威士忌之所以与众不同，是由于它在提炼出威士忌酒后还把它放在 10 英尺厚的用糖枫树烧成的炭上面过滤，经木炭醇化后的威士忌酒被放入酒库里炭化过的白栎木桶内存放和陈化。恰是这最后一道工序使杰克·丹尼生产的威士忌酒，获得了“田纳西威士忌酒”的美名。

在杰克·丹尼酒厂 130 年的历史中，除杰克·丹尼本人以外，只有 5 个人担任酿酒师，本杰明是该厂现任的总酿酒师。对于杰克·丹尼的威士忌酒来说，所有出售的酒都经过他的亲自品尝。他品尝时总是将新酿造的酒与陈酒进行比较，以确保威士忌的质量始终不变。其中，极品杰克·丹尼就是由本杰明亲自甄选，原桶入瓶，限量发售，作为酒厂官方的威士忌测评者，每一桶威士忌的细微差异和变化都逃不出他的味蕾，最终也将由他来决定究竟谁才有资格成为银选单桶田纳西威士忌 (Jack Daniel’s Silver Select Single Barrel)。当选的威士忌，轻啜入口，一股强劲的焦糖及香草的芬芳即刻上演于舌尖，携带着经由糖枫木炭熏酿后的独特风味，以及来源于橡木桶的果香立即征服了品尝者的味蕾，这种醇厚的体验才是上等田纳西威士忌酒带来的享受。

绅士杰克是一款极为珍贵的田纳西威士忌，在杰克·丹尼酿酒厂手工酿造。该产品在存放和出厂之前由稀有的糖枫木炭过滤两次，并且放置于熏制

过的橡木桶中进行陈酿。绅士杰克酒质醇厚馥郁，口感上乘，深受饮家推崇。

这种日渐完善的木炭熏酿法，让人无法想象，威士忌经由那粗糙多孔的木炭之后，竟会被赋予更深的层次感，温暖的个性和丝般的顺滑。这道成功的工艺被完整地保存下来并沿用至今。

嗜喝杰克·丹尼的，都是性情中人。杰克·丹尼加可乐更为经典，大概因为杰克·丹尼香味相对浓郁，与可乐略带草药的甜腻混合后两种味道相得益彰，愈发精彩。如果略微生硬了些，更宜独饮的占边加可乐犹如西部莽原踽踽独行的老年牛仔，杰克·丹尼加可乐则是俊朗英雄配风骚美女。

提起杰克·丹尼，喜欢看电影的朋友也许记得在《闻香识女人》中，那个失明的盲人军官整天吵吵闹闹地叫嚷着要喝的就是这个牌子的威士忌！一个有着超凡嗅觉的人，凭着对每个女人身上所使用的化妆品味道的熟识进而判断此人的容貌、品位甚至来自于何方，就是这样一个对香味极其敏感的偏执狂对杰克·丹尼表现出了无以复加的喜爱，也许可以从一个不同寻常的角度来说明杰克·丹尼的魅力吧！

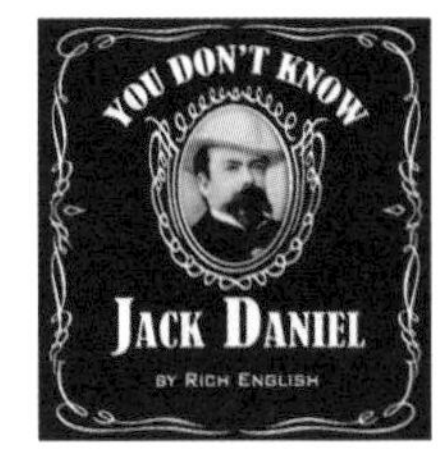

>> 品牌鉴赏

拥有丰饶的琥珀色，细腻柔顺，果香浓郁，酒质甘醇，层次分明，变化丰富，加水调和，橡木的本色与谷物的风味更加的明显，回味强劲。

（美）占边 Jim Beam
——波本经典

>> 品牌精神

有些酒是有性别的，和万宝路一样，占边 (Jim Beam) 波本威士忌就是美国标准的西部硬汉形象。美国根据原料、酿造方法不同生产的各种威士忌以波本威士忌 (Bourbon Whisky) 最具代表性，其中占边波本威士忌产于肯塔基州，是美国波本威士忌少数知名品牌中最有名和最古老的一个。

>> 品牌故事

典型的美国西部牛仔片里的豪侠和警探，最经典的场景就是，来到酒吧，在拔枪互射之前，先润润嗓子，固定需要就是双份的威士忌加冰。酒是英雄的胆——西部片中的英雄要是没有喝过威士忌，就等于连拔枪的资格都没有。

波本威士忌源于美国肯塔基州波本镇。这里的镇民祖先多为公元

16 ~ 17 世纪移居美国的法国移民，为怀念其故国波旁王朝而以之命名。

波本以玉米为原料制造威士忌始于 1789 年，由美国肯塔基州高特镇的耶里加牧师所创。这酒的底蕴在于以玉米为主要原料，并且以微微烧焦的橡木桶贮存发酵之后的蒸馏酒，香气独到，不同于纯麦酿制的威士忌。没想到因为小麦歉收而用玉米调配出来的酒反而更受欢迎。从此，以“波本”(Bourbon) 为名的威士忌几乎成了美国威士忌的同义词，各种酿造标准也渐渐成形。

1964 年联邦法例从严规定：波本威士忌需由发酵的玉米糊、裸麦、大麦芽蒸馏而成，其中玉米成分需达 51% 以上 (一般波本威士忌玉米成份均达 65% ~ 80%)，超过的就叫做“玉米威士忌”(corn whisky)。此外，蒸馏过的酒精必须置放在外部经烧烤过的白橡木酒桶内陈酿达两年以上——经由上述过程所获得的香醇酒质才能达到美国波本威士忌的国家法定标准。美国国会的法案更明定波本威士忌为美国特有的本土烈酒。

生产占边威士忌的占边酒厂创立于 1795 年，是现存于肯塔基州历史最久远的企业之一。美国占边波本威士忌独特的家庭酿酒秘方经父子相传六代不变，是美国波本威士忌硕果仅存的知名品牌中最古老的一员。占边波本威士忌 (白底包装) 陈酿期长达 4 年，酒质顺滑香醇无比，是美国波本威士忌的代表性品牌。酒精浓度为 40%，属于波本威士忌中口感较轻柔的一族，也是很有美国本土精神的波本威士忌。

>> 品牌鉴赏

占边威士忌为波本系列中最畅销的产品。其特色为用蛇麻草培养液进行发酵，原料中大麦比例较高，蒸馏废液添加量多，酒精度低，经过 4 年成熟，口味清爽，具有葡萄酒的风味。

（英）尊尼获加 Johnnie Walker
——无可匹敌的威士忌

>> 品牌精神

“在追求品质的极致上，我们决心创造出当前市场上无可匹敌的威士忌。”——自从亚历山大在 1887 年发表了尊尼获加的创始使命宣言以来，尊尼获加一直致力于对至高品质的追求，把顶级的单品威士忌调配起来以得到最好的高级调配威士忌。源于沃克家族的激情与技巧，秉承创始调配大师们的传统，尊尼获加当代的调制大师们仍在孜孜不倦地改进并创造它的威士忌。

>> 品牌故事

如何才能使威士忌始终保持品质如一呢？约翰·沃克开始了他个人对威士忌的调配尝试。他将以前学到的所有调制混合茶叶的经验运用到了对威士忌的调配之中，并发现这种经过调配的威士忌有着更受欢迎的品质，深邃而精致的口味决非一般的纯麦芽威士忌可比，带着奇妙的让人耳目一新的美好口感。克服了种种难题，随着约翰·沃克的调配技巧不断成熟，他渐渐开始有了私人订单。约翰·沃克慢慢侧重于为店里的一些重要客户特制调配威士忌，他的生意连同他所调配的威士忌随之声名大振，如日中天。

虽然直至 1857 年 10 月 19 日约翰·沃克谢世，苏格兰威士忌的调配工艺尚未成熟，但他调制的威士忌在苏格兰西部已经相当著名，为日后尊尼获加在商业上的成功、成就一个世界性的酒业王朝奠定了基础。幸运的是，沃克家族的传承使得家族中的男性成员均继承了娴熟的技巧和超凡的远见。他们能够不断完善调配艺术，使其更上一层楼。约翰·沃克过世后，年仅 20 岁的亚历山大子承父业，并调制出了一种全新的调配威士忌，并将之命名为“老高地威士忌”，即尊尼获加黑牌（Black Label）威士忌的前身。1867 年，亚历山大注册了商标所有权，并展示了他高瞻远瞩、先于世人的市场推广天赋，设计出让人一目了然的倾斜的商标和方形酒瓶，并决心“追求品质的极致，创造出市场上无可匹敌的威士忌”。

亚历山大于 1889 年去世。他的小儿子小亚历山大，继续秉承父志，也成为了一位有名气的威士忌调配大师。他的高超技巧和奉献精神正是创造口味微妙的调配威士忌所必需的；而他的兄弟乔治则是市场推广的天才，他花了大量时间环游世界，并建立了一个世界性的销售网络，预见到必须创造新的品牌才能满足人们不断变化的品味。两个人的完美配合把尊尼获加带到了更广阔的发展空间里，并逐渐向世界迈步。

小亚历山大很快意识到日后沃克家族威士忌的成功在于必须保证可靠充足的原料供应。他把目光转向了卡德休酒厂生产的纯麦芽威士忌。小亚历山大和乔治都对卡德休产生了浓厚的兴趣，非常重视来自卡德休的威士忌，他们决定买下这家酒厂使之成为生产沃克调配威士忌的中流砥柱。于是，他们和酒厂创史人的儿媳——伊丽莎白一同协商购买条款，并最终成交，成为沃克家族和卡明家族长期合作的开端。

尊尼获加的品牌是尊贵地位和丰富内涵的象征。通过广告所体现的品牌哲学是对展现这种地位和内涵的成功人士及其进步的认可。早在1920年，尊尼获加就已向全球120个国家出口，在可口可乐走出亚特兰大之前便成为第一个真正的世界性品牌。一直以来，无论何时，尊尼获加总有700多万箱威士忌在酿造中，价值超过英国银行里存储的黄金总额。

沃克家族对混合苏格兰高品质单品威士忌的调配工艺孜孜以求，从而创制了无比香醇的调配威士忌。就在人们质疑许多产品纯正性的时候，沃克的名字让人联想到的是信任和尊敬。

>> 品牌鉴赏

黑牌是全球首屈一指的高级威士忌，采用40种优质单纯麦芽，在严格控制环境的酒库中蕴藏最少12年。黑牌是全球免税店高销量的高级威士忌，在国际间更屡获殊荣，1994年及1996年，黑牌在全球最权威的国际洋酒大赛中均获得高级调配威士忌的金奖，故此黑牌是独一无二的佳酿，芬芳醇和，值得细细品尝。

金酒物语

——别样金色年华

与金酒相联系的是在昏黄的酒吧灯光下，调酒师手里来回飞转的银质混合器，是五颜六色，流转飞扬的鸡尾酒。金酒是最流行最前卫的鸡尾酒的忠实伴侣，没有哪一款鸡尾酒能少了金酒的陪衬。

金酒又称杜松子酒，是世界第一大类的烈酒。金酒在它的发展历史上经历了大起大落，沧海桑田，太多的陈年往事，太多的历史积淀。当今天它向我们走来时，已经洗去浮华，摆脱曾经背负的屈辱和困惑，超凡脱俗地重新降临在我们面前。

端起一杯色彩绚烂或者深邃幽静的鸡尾酒，仔细品尝深藏其中的杜松子香味。这是金酒的特点，独一无二。

（荷）波尔斯 Bols
——金酒先驱

>> 品牌精神

波尔斯是荷兰金酒的先驱，现在也是它的名牌。杜松子酒度数低，杜松子的味重，还有麦芽的芳香，用大锅蒸，不陈化或很短陈化，一般用石头坛子出售，成了所谓“大学生酒”，喝啤酒不过瘾的年青人钟情于它。

>> 品牌故事

金酒是人类第一种为特殊目的所造的烈酒，它起源于1660年，最先是由一位荷兰的大学教授席尔毕斯（Sylvius）所发明，其目的是为了让荷兰人预防感染热带性疾病，最初是作为利尿、清热的药剂使用。不久人们发现这种利尿剂香气和谐、口味协调、醇和温雅、酒体洁净，具有净、爽的自然风格，很快就被人们作为正式的酒精饮料饮用。路卡斯·波尔斯从中看出了商机，于1575年建立了一个酒厂，并在配方里加点糖，使其香气和谐，醇厚温雅，口味协调，辣中带甜，照杜松子（Juniper）的发音称之Jenever，于是产生了一种全新的酒——荷式金酒。

1575年，波尔斯家族来到阿姆斯特丹，创建了世界历史上第一家蒸馏酒厂“小蒸馏棚（Het Lootsje）”。经过几年的发展，“小蒸馏棚”由一间小小的木屋变成了有正式生产环境的石砌建筑物，正当中年的路卡斯·波尔斯开始扩展销售市场，向世界推展麾下的金酒波尔斯。

随着波尔斯的向外推广，许多国家对这款金酒耳熟能详。1850年，波尔斯公司出售给了为波尔斯的出口做出重大贡献的穆特泽家族，考虑到公司在阿姆斯特丹的发展受到限制，最终在1969年迁址到荷兰的Nieuw Vennep。

时至今日，拥有超过400年历史的波尔斯公司仍然秉承公司创立时的传统生产工艺和高品质配方，为致力

>> 品牌鉴赏

无色透明，清香爽口，其散发出的诱人香气是最让人无法忘怀的特色所在，直接喝能品尝其原始风味。

于生产最好的金酒品牌而矢志不渝地奋斗着，设计出许多口味独特的金酒，更适合于现代人饮用。

波尔斯由于味重，只适合纯饮，不宜作鸡尾酒基酒。欧盟规定只有在尼德兰和弗兰德两个地方产的酒才能叫杜松子酒。喝这种酒时要把酒瓶子和酒杯先放在冰冻室里冻透，有时先用苦精 (bitter) 洗洗杯子，有的人一小口杜松子酒，再一大口冰啤酒，痛快淋漓，舒坦过瘾。它含有丰富的维生素 C，海员们出海常带这种酒，荷兰人打仗临行前也喝它壮胆。

（荷）波马 Bokma
——流年记忆

>> 品牌精神

波马金酒产于荷兰，主要的产区集中在斯希丹 (Schiedam) 一带。荷式金酒是荷兰人的国酒。1688 年，在荷兰担任执政亲王的英国王室后裔威廉三世时来运转，大任天降，被英国国会请回国登基为王，取代逃亡的詹姆斯二世，就是历史上的“光荣革命”。威廉三世和他的属下在荷兰早已经习惯了饮用杜松子酒，不仅成箱地带着荣归故里，而且怀揣着配方，暗藏玄机。

>> 品牌故事

波马（Bokma）与其他荷式金酒一样，金酒是以大麦芽与裸麦等为主要原料，配以杜松子酶为调香材料，经发酵后蒸馏三次获得的谷物原酒，然后加入杜松子香料再蒸馏，最后将蒸馏而得的酒，贮存于玻璃槽中待其成熟，包装时再稀释装瓶。波马金酒色泽透明清亮，酒香味突出，香料味浓重，辣中带甜，风格独特。无论是纯饮或加冰都很爽口，酒度为 52° 左右。因香味过重，只适于纯饮，不宜作混合酒的

基酒，否则会破坏配料的平衡香味。

波马酒的怡人香气主要来自具有利尿作用的杜松子。杜松子的加法有许多种，一般是将其包于纱布中，挂在蒸馏器出口部位。蒸酒时，其味便串于酒中，或者将杜松子浸于绝对中性的酒精中，一周后再回流复蒸，将其味蒸于酒中。有时还可以将杜松子压碎成小片状，加入酿酒原料中，进行糖化、发酵、蒸馏，以得其味。有的国家和酒厂配合其它香料来酿制琴酒，如荽子、豆寇、甘草、橙皮等。而准确的配方，厂家一向是非常保密的。

1971 年，喜力花重金购买了波马蒸馏酒厂生产金酒，其生产的波马杜松子酒是在荷兰销售最好的金酒。

波马金酒适宜于单饮，不宜做鸡尾酒的基酒。

>> 品牌鉴赏

波马金酒的饮法也比较多，在东印度群岛流行在饮用前用苦精 (Bitter) 洗杯，然后注入波马金酒，大口快饮，痛快淋漓，具有开胃之功效，饮后再饮一杯冰水，更是美不胜言。波马金酒加冰块、再配以一片柠檬，就是世界名饮干马天尼 (Dry Martini) 的最好代用品。

（英）哥顿金酒 Gordon’s Gin
——佳酿传奇

>> 品牌精神

哥顿金酒（Gordon’s Gin）是第一个伦敦干金酒（London Dry），于 1769 年创立于苏格兰，1925 年获皇家特许状，现仍在英国帝亚吉欧旗下，但蒸馏厂迁址到新西兰。哥顿金酒采用有名的三次蒸馏，口感滑润，酒体芳香，其配方 200 余年没有改变，只有 12 个人掌握。以便宜取胜的哥顿金酒，出口量为英式金酒之首，平均每秒就有 4 瓶出口境外。

>> 品牌故事

16 世纪时，金酒的先驱者将金酒从荷兰传入英国，200 年后哥顿金酒成了英国的重要国酒。1769 年，阿历山大·哥顿在伦敦创办金酒厂，开发并完善了不含糖的哥顿金酒。他将经过多重蒸馏的酒精，配以杜松子、莞苏种子以及多种香草，调制出的哥顿金酒香味独特、活泼、生动，味蕾上有一种被香料充满的感觉。

1898 年，哥顿公司与查尔斯·添加利公司合并，成立添加利哥顿公司。添加利金酒

哥顿金酒

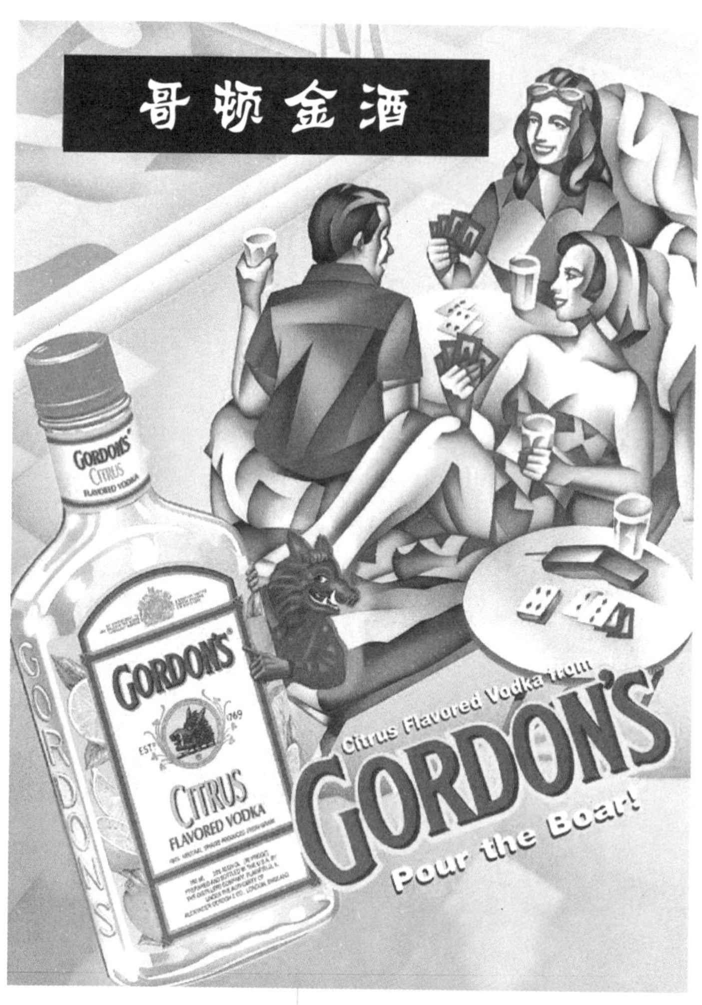

是金酒中的极品名酿，浑厚甘洌，具有独特的杜松子香味和其他香草香味，是现今美国最著名的进口金酒之一，深受世界各地人士的喜爱。该款金酒入口极为清爽，极易上口，没有威士忌冲口的发酵麦芽的味道，也没有伏特加浓烈的火一般的激情，只是淡淡地充溢着浓郁的杜松子香气。缓缓咽下咽喉，两颊惬意的松脂般的纯厚感觉，犹如早晨醒来身置清彻的松林的体验。酒入腹中，并不似普通烈酒般的烧灼，而是在冰块的作用下，如冷泉般一点点地清澈身体后，再温暖整个胴体，感觉颇好。再观酒杯，酒色清澈，有极浅的蓝色，十分讨人喜欢，不失为适合夏季饮用的一款饮料。

实际上，金酒可分为荷兰式金酒和英国式金酒两大类。荷兰式金酒被称为杜松子酒，有名的有波尔斯、波马、汉斯等，较适合于净饮，不宜做鸡尾酒。哥顿金酒属于干味金酒，最具有英式金酒风味。英国式干金酒，以稞麦、玉米等为原料，经过糖化、发酵后，放入连续式蒸馏酒器中，蒸馏出酒度很高的玉米、稞麦酒精，加入杜松子和其他香料，重新放入单式蒸馏酒器中蒸馏。哥顿金酒也称为干金酒，酒液无色透明，气味清香，口感醇美爽适，既可以净饮，又可用做调酒。

据业内人士介绍，金酒有许多称呼：香港、广东地区称为毡酒；台北称为琴酒；又因其含有特殊的杜松子味道，所以又被称为杜松子酒。

>> 品牌鉴赏

43％的酒精含量，750毫升的净含量，丰富而刺激味蕾神经的跳跃。这款金酒酒体顺滑，回味短暂、简捷，酒质柔和、口味适度、杜松子产生的鼻感前置，与芫荽、柑橘皮味道融合起来显得活泼生动，味蕾上有一种被香料味道充满的感觉。

金酒是英伦的国饮，是口感滑润、溢满酒味芳香的伦敦干酒。

（英）将军金酒 Beefeater
——金酒将军

BEEFEATER
PREMIUM GIN

>> 品牌精神

18 世纪的英国工业革命造就了大批的工人，也造就了工人的酒——金酒（Gin），便宜，有劲，好喝。自 19 世纪以来，将军金酒的酿酒配方结合了野生杜松和芫荽的美味、天使酒的微甜味和塞维利亚柑橘的特殊味道，所酿造的金酒口味醇美，令人回味悠长。将军金酒的独特酿酒配方对外严格保密，其安全保护程度绝不亚于由护卫队保护的伦敦。

>> 品牌故事

据说，1689 年流亡荷兰的威廉三世回到英国继承王位，于是杜松子酒传入英国，英文叫 Gin（金酒），受到欢迎。

1832 年，柱式蒸馏釜发明，代替原来的锅式蒸馏釜，使酒的质量大大提高，于是出现了一个新品种——伦敦干金酒（London Dry）。将军金酒一般以 75%玉米、15%大麦芽、10%其他谷物为原料，有时也用甘蔗汁和糖蜜。酿酒后蒸馏，在蒸馏出口处放有香料，包括杜松子、柠檬皮、甜桔皮、苦杏仁、桂皮、白芷、当归、茴香籽等，酒气通过时，带走香气成分，冷凝后取

>> 品牌鉴赏

将军金酒香味突出，风格独特。有幸品尝色泽透明清亮的将军金酒的人若大口快饮，自会感觉到痛快淋漓，具有开胃之功效。饮后再喝一杯冰水，更是美不胜言。

中间馏分，加水冲稀，就得金酒，约40度。将军金酒清澈透明，具有光泽，完全不含糖，杜松子香味突出，伴有其他香料香气，口感清新，爽适滑润。配的香料少则4种，多则15种，都是各厂家祖传秘方，束之高阁，重金不卖。

产自意大利塞尔维亚的野生松果是将军金酒形成独特风味的重头戏，是十分重要的原料。柠檬必须纯手工去皮，把果肉置于日晒下脱水，以保证最后的精油给其带来干净清爽的口感。

实际上伦敦干金酒不是按地区划定的酒，而是一种酒的类型。将军金酒是唯一现在仍在伦敦生产的伦敦干酒，以柠檬味为特色，创立于1820年。它的创办人选择了将军金酒作他的酒名，将军是伦敦塔的仪仗队卫士的绰号，据说这些人很能吃牛肉，他们是伦敦的一道风景线，是伦敦的代表。将军商标就画着一个全副武装的卫兵，酒名也译作英国卫兵。这个名字给酒带来了好运，在伦敦干酒中名气最大。

金酒不用陈酿，但也有的厂家将原酒放到橡木桶中陈酿，从而使酒液略带金黄色。金酒的酒度一般在35° ～55° 度之间，酒度越高，其质量就越好。

虽然许多英式金酒的品牌都称为伦敦干金，但真正原产于英国的只有将军金酒一种。

伏特加酒物语

——俄罗斯的“上帝”

伏特加绝不是缠绵悱恻的酒，是真正的男子汉，在众多酒饮中起着顶立之用。伏特加的烈性也许只有天寒地冻、冰天雪地才能够驾驭。伏特加的降临带着无可取代的粗犷豪放，傲视群酒。品味伏特加，品味俄罗斯男人世界闻名的好酒天禀，亲身感受俄罗斯人蕴含酒中飘逸酒外，粗犷豪放而又坚强不屈的民族性格。

伏特加是俄国和波兰的国酒，是北欧寒冷国家十分流行的烈性饮料。俄罗斯人认为伏特加神圣而且永恒，是不可亵渎的长辈神者。一位俄罗斯诗人曾吟道：伏特加酒同伏特加河一样源远流长。这种与天地共存的自然联系，早在人们心中落下了根深蒂固的意识。

人生最幸福、最惬意的时刻，正是伏特加展现其恒久魅力的时刻。它带来无法匹敌的味蕾激情和视觉冲击，使人们在静静的享受之中，体味恍然间的迷醉。在悠扬的《莫斯科郊外的晚上》、《纺织姑娘》和《灯光》等苏联怀旧歌曲声中，宾主频频举杯，相互祝愿，气氛很是热烈。

一个不为人注意的现象是，凡是在俄罗斯的历史和文化中留下不灭痕迹的作家、诗人、戏剧家、歌唱家、演员、画家、建筑巨匠，几乎都和伏特加结有不解之缘。翻开他们的不朽篇章，可以发现，伏特加酒和柠檬是他们乐此不疲的记载。伏特加酒成了一种文化标志，一种传统。

被人称为“红色伯爵”的阿·托尔斯泰酷爱伏特加酒。他经常往返于莫斯科和圣彼得堡，在火车车厢里也总要喝上几口。一杯伏特加酒，一片柠檬，可以从莫斯科吮吸到圣彼得堡。伏特加酒和柠檬的混合香气使他飘飘然间下笔千言。人们说，他那部传世的《苦难的历程》就充满了这种伏特加酒和柠檬的混合神韵。

（瑞典）绝对伏特加
Absolut Vodka
——绝对艺术

>> 品牌精神

作为世界第三大国际性烈酒品牌，绝对伏特加在126个国家和地区销售，并成为全世界第二大顶级伏特加酒品牌。采用单一产地、当地原料令绝对伏特加公司(V&S Absolut Spirits)全面地掌控生产中的任何一个细节，从而确保每一滴绝对伏特加都能达到绝对顶级的质量标准。

>> 品牌故事

每瓶绝对伏特加的背后都有长达400年的伏特加酒的历史，它是多年来酿制传统的结晶。作为绝对伏特加的前身，绝对纯净的伏特加酒(Absolut Rent Brännvin)是在1879年推出的，它的创始人就是瑞典伏特加酒的传奇人物——拉斯·奥尔森·史密斯。如今，每一瓶绝对伏特加的瓶身都标贴着这位伟大人物的肖像徽章。史密斯在19世纪成功的将连续蒸馏法运用到绝对伏特加的酿制过程中。这种独特的蒸馏方法是将伏特加酒连续蒸馏上百次，直到祛除酒里所有的杂质。

每瓶绝对伏特加都产自瑞典南部的小镇胡斯。它由冬小麦制成，其坚实谷粒赋予了绝对伏特加优质细滑的特征。每年大约有80000吨的冬小麦被用于绝对伏特加的生产。每生产一升绝对伏特加要用掉超过1千克（大约2磅）的冬小麦。几个世纪的经验已经证实，绝对伏特加选用的坚实的冬小麦能够酿造出优质的伏特加酒。

绝对伏特加于1979年首度被引入美国市场。自从1979年推出以后，绝对伏特加在世界范围内创造了辉煌的销售业绩。从最初的1万箱(9万升)到2003年的810万箱(7250万升)。如今每天有超过50万瓶的绝对伏特加在胡斯生产、出厂并运往世界各地。

“ABSOLUT”具有双重意思：瑞典文“绝对”是品牌名称；英文“绝对”是绝对的、十足的、全然的意思。它的成功不仅是由于工艺精湛、口味纯正，更得益于其特殊的酒瓶外形。

>> 品牌鉴赏

带有浓烈黑醋栗口味的绝对伏特加的口感酸甜，清新爽口。伏特加酒具有完美纯净的品质，因此，所有带口味的绝对伏特加也都是由绝对伏特加酒与纯天然的原料混合而成，没有添加任何糖分。

绝对伏特加酒永恒的个性化包装，对每一个消费者来说都不陌生：短颈圆肩的水晶瓶，独创性地将所有标注绝对伏特加酒的文字信息用彩色粗体字体直接印在瓶身。透过完全透明的酒瓶，消费者感触到的是纯正、净爽、自信的绝对伏特加酒。没有传统纸质酒标遮蔽的绝对伏特加酒，让消费者感觉到的是只有对自己有信心，别人对你才有信心。绝对伏特加对自己的酒质有信心，才敢放弃传统的纸质酒标以完全透明度使消费者对绝对伏特加酒的酒质放心。从此，绝对伏特加的包装以个性赢得消费者的认同，并很快传播到世界各地。而现在的绝对伏特加酒的酒瓶形象，也不仅仅是一种伏特加酒的个性化包装，更被同行以艺术价值为标准，将它视为一件艺术品来欣赏。

在人生最幸福、最惬意的时刻，绝对伏特加展现着恒久魅力，为人们的味蕾、眼球带来激情与渴望的强力冲击，使钟爱酒品者在静静的享受之中迷醉。

(俄)红牌 Stolichnaya ——清新自然

>> 品牌精神

伏特加是从俄语中“水”一词派生而来的。红牌伏特加(苏联红牌)，一种俄罗斯伏特加，也叫“斯托利”，是纯正的俄罗斯伏特加，真正稀有，口感绵软纤细，香味清淡，人们以蝴蝶和奇花异草来指代该酒的高贵品质。

>> 品牌故事

伏特加酒是俄罗斯的国酒，也是北欧寒冷国家十分流行的烈性饮料。

伏特加的历史悠久，它产生于 14 世纪左右，其英文名为 Vodka，出自俄罗斯的一个港口名 Viatka，含义是“生命之水”。在俄罗斯的伏特加酒中，红牌伏特加是一种以马铃薯、小麦等谷物为原料，通过重复蒸馏、精心过滤的方法，除去酒精中所含的毒素和其它异物的纯净的高酒精浓度的酒类饮料。

由于在人们的印象中前苏联各联盟尤其是俄罗斯酗酒的人较多，所以人们误认为伏特加酒一定是一喝即醉的烈性酒。其实，伏特加的酒度（比如红牌伏特加〈苏联红牌〉在 40° 至 50° 之间），与白兰地、威士忌、朗姆酒、金酒差不多，只因国外习惯以 40° 作为是否烈性酒的分界线，所以苏联红牌被视为烈性酒。

苏联红牌酒液透明，非常纯净，除酒香外，几乎没有其他香味，但口感

较烈。

自从1917前苏联十月革命后，很多俄罗斯人流亡国外，同时也把酿造苏联红牌伏特加酒的工艺和秘方带出国门，所以现今世界有很多国家都生产苏联红牌伏特加酒。

十月革命前的俄国据说公营加私造的伏特加酒共有4000多种，现在伏特加的制造虽不如以往之盛，但仍有1000多种。其中苏联红牌出口最多。

苏联红牌产自俄罗斯，在俄文中是表示“首都”的意思，要发成接近当地的发音，气氛就烘托出来了。此酒是名副其实道道地地在首都莫斯科制造的纯俄罗斯伏特加，由莫斯科的水晶蒸馏厂制造。人们将石英砂和白桦树的活性碳两次过滤以使其酒质醇厚，口感自然。红色商标的苏联红牌口感绵软纤细、香味清淡为特点，这在世界美食之间，已有定论。酒冰镇之后，以鱼子酱相佐，口味最佳。黑色商标是苏联红牌特制伏特加的代表商标。

苏联红牌伏特加入口极顺，多以直喝为主，冰冻后滋味更佳。这种酒没有什么特殊的气味，所以很容易与其他味道混合，可以说是鸡尾酒最佳的调配基酒，在年轻人之间颇受欢迎。

>> 品牌鉴赏

说起俄罗斯，首先想到的就是克里姆林宫红场，也必然想到苏联红牌伏特加酒。俄罗斯人喝苏联红牌伏特加具有梁山好汉之气魄，喝出了胆略。苏联红牌代表着热血，催生一个民族的振兴。此酒性烈，加橙汁饮用的方法比较常见，当然现在也有不少人更喜欢直饮，体验体内燃烧那种独特的感觉。

朗姆酒物语

——百变精灵

朗姆酒始终是野性的、充满活力的。它是带有浪漫色彩的酒，具有冒险精神的人都喜欢用朗姆酒作为他们的饮料。它曾是德国哲学大师叔本华宣扬唯意志论的道具；也曾在美国文豪海明威于哈瓦那出海时充当船票；更在100年前成为古巴革命军对抗西班牙殖民者自由呼喊的代表。英国大诗人威廉·詹姆斯说，朗姆酒是男人用来博取女人芳心的最大法宝，它可以使女人从冷若冰霜变得柔情似水。

如果你是勇敢的人，那么朗姆酒一定适合你！尽管酿造朗姆酒的原料听上去并不太有男子气概——甘蔗，但那种原本用来制造甘甜的糖的植物，却鬼使神差地造出了野性十足、霸气张扬的朗姆酒。

最早接受朗姆酒的是那些横行加勒比海的海盗们以及寻找新大陆的冒险家们，他们用朗姆酒壮胆，用朗姆酒狂欢，也用朗姆酒给自己的伤口消毒。对海盗们来说，朗姆酒是他们航行中最重要的伙伴——可以没有食物、没有金币，但不能没有朗姆酒。甚至有的船长，还会用朗姆酒来为他们的船员发工资。

朗姆酒的原产地在古巴，至今大部分的朗姆酒品牌依然出自那里。当地的人们在生产中保留了传统的工艺，并且代代相传，直到今天。在哈瓦那的五分钱小酒馆，还保留着海明威在1954年12月留下的手迹："我的莫希托在五分钱小酒馆，我的达伊基里在小佛罗里达餐馆。"所谓的"莫希托"和"达伊基里"，分别是用朗姆酒调制的两款鸡尾酒。

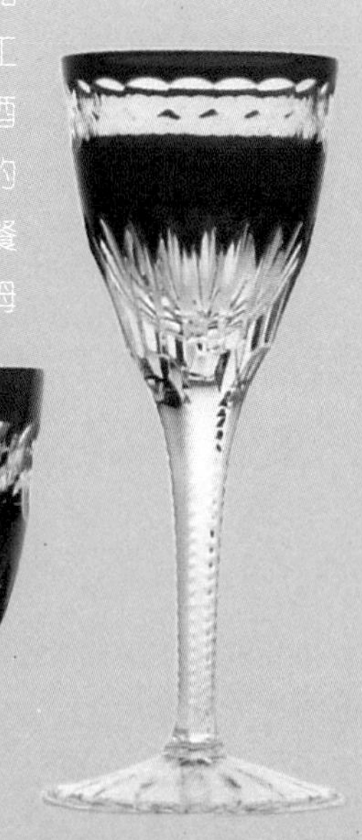

（古）百加得 Bacardi Rum
——鸡尾酒的灵魂

BACARDI
ESTD 1862

>> 品牌精神

自西班牙移民古巴的百加得创始者首度将当时原本极粗犷强烈的朗姆酒，成功赋予了细致、柔和的崭新风貌——用来调制鸡尾酒，口感格外饱满。发源地古巴赋予了百加得与众不同的精神。它代表着自由、色彩和激情。蝙蝠作为百加得的标志出现在瓶身，已超过 130 年的历史，在古巴文化中，蝙蝠被认为是好运和财富的象征。

>> 品牌故事

古巴朗姆酒的历史是古巴历史不可分割的一部分。朗姆酒是古巴人的一种传统饮料。朗姆酒属于天然产品，由制糖甘蔗加工而成。整个生产过程从对原料的精心挑选，生产中酒精的蒸馏，到甘蔗烧酒的陈酿，把关都极其严格。朗姆酒的质量由陈酿时间决定，有一年的，有好几十年的。市面上销售的通常为 3 年和 7 年的，它们的酒精含量分别为 38° 和 40° ，生产过程中除去了重质醇，把使人愉悦的酒香给保存了下来。朗姆酒可以直接单独饮用，也可以与其他饮料混合成好喝的鸡尾酒，在晚餐时作为开胃酒来喝，也可以在晚餐后喝。在重要的宴会上它是个极好的伴侣。

1862 年法孔度在古巴圣地亚哥创制的百加得，经由陈年酿制，具有不凡的甘醇和清新口感。它可以和任何软饮料调和，直接加果汁或者放冰块后饮

BACARDI LIMÓN
BACARDI O
BACARDI RAZZ
BACARDI VANILA
BACARDI CO CO

BACARDI
151°
PUERTO RICAN RUM

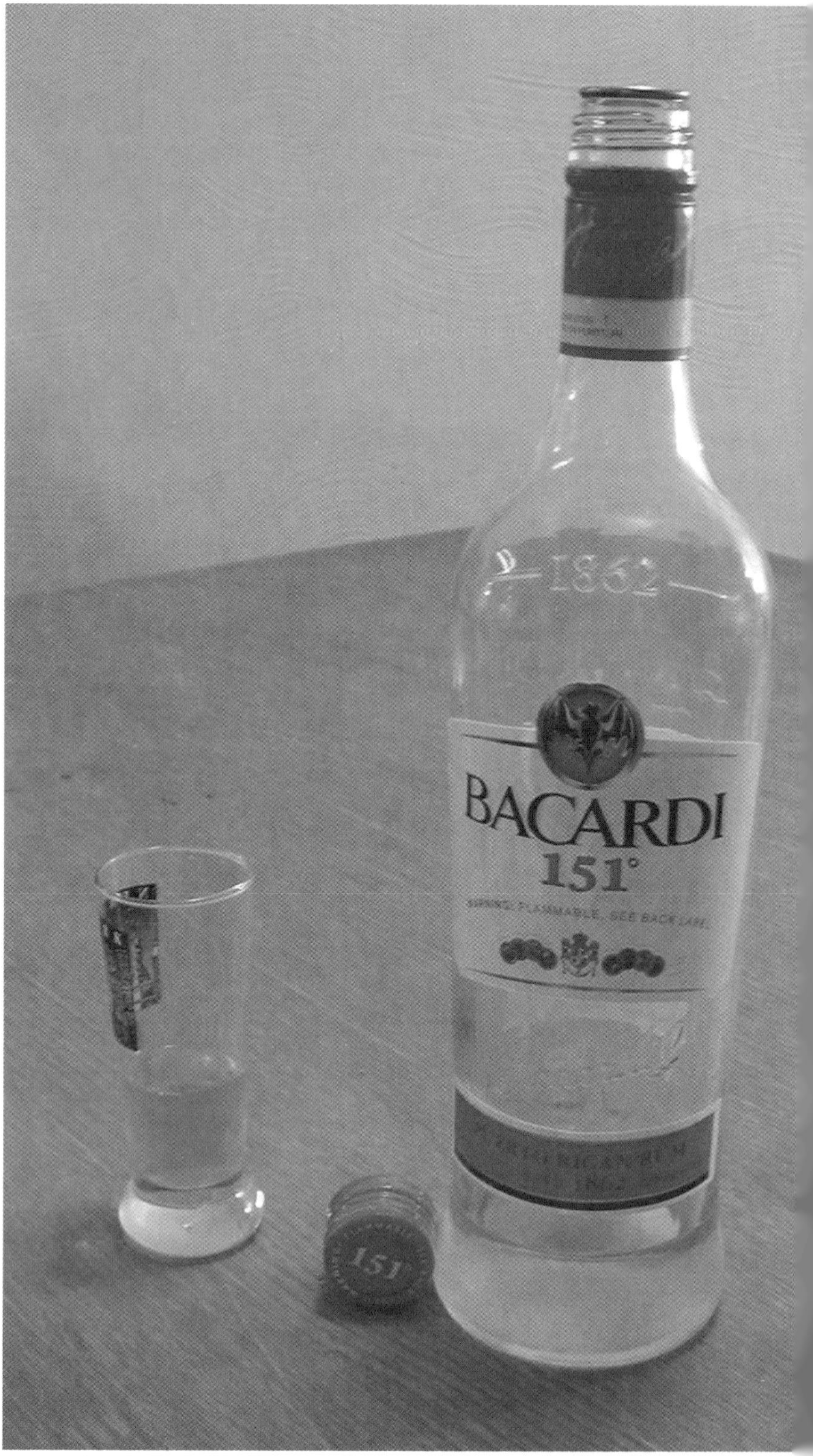

用，被誉为“随瓶酒吧”，是热门酒吧的首选品牌，一直被用来调制全球传奇的鸡尾酒。一些世界最知名的鸡尾酒，如 Cuba 自由古巴（Libre）、墨杰特（Mojito）和大吉利（Daiquiri），都得益于它。没有百加得朗姆酒，这些传世鸡尾酒也就丧失了正宗的风味。

今天，百加得朗姆酒的生产者仍是法孔度的后人。百加得朗姆酒也依然沿用 130 年以来不变的酿制工艺。酒液储藏于美洲白橡木桶中使酒质清爽顺滑。百加得朗姆酒在天然木桶中培养出香醇芬芳的酒味，而色泽较深的金朗姆酒就以烧焦橡木的酒桶储藏，使酒质更富香气。百加得对所有的朗姆酒品质都精益求精，其结果就是，这种白朗姆酒和与其同一家族的色泽浓郁的陈酿朗姆酒一样，以甘醇口感享誉全球；百加得朗姆酒有不同的产品满足不同消费者的口味。包括被称为全球经典白朗姆酒的百加得白朗姆酒，被誉为全球最高档陈年深色朗姆酒的百加得 8 年朗姆酒，还有全球最为时尚的加味朗姆酒——百加得柠檬朗姆酒。

>> 品牌鉴赏

百加得朗姆酒(BACARDI RUM)是全球销量第一的高档烈性洋酒，产品遍布 170 多个国家；品牌名称成为了百加得朗姆酒的代名词，它不同于其他的酒类品牌，朗姆酒消费者通常都会直呼其名“百加得”。

（牙）摩根上尉 Captain Morgan
——难拒之惑

>> 品牌精神

摩根上尉在世界上是一款非常著名的朗姆酒，很受酒迷们的欢迎。摩根上尉按烈酒酒精度排美国第三，世界第七。它是全球最大的洋酒公司帝亚吉欧 (Diageo) 旗下的著名品牌之一。

>> 品牌故事

上尉亨利·摩根（Henry Morgan，1635 ~ 1688 年），出生于威尔士，曾服役于英国海军，参加过加勒比海与西班牙作战，误入歧途，成了海盗。但是后来弃暗投明改邪归正，从 17 世纪开始就是这个品牌名字的灵感来源了。最后他被牙买加国王查尔斯一世任命为总督的上尉与武士。摩根上尉朗姆酒的出现标志着有香味的朗姆酒时代出现了。1944 年摩根上尉朗姆酒公司由约瑟夫·E. 西格兰姆和他的儿子们在牙买加建立。这是为了满足顾客的对香味口感需求的首选烈酒品牌之一。

摩根上尉朗姆酒，是由糖浆、水、麦芽和酵母在蒸馏器中持续不断地蒸馏而酿制。当蒸

>> 品牌鉴赏

摩根上尉浓质色深，芳香刺鼻，回味悠长。清净的口味和风格，无论是纯饮还是作为鸡尾酒的基酒都很受欢迎。

馏完成之后，清冽的酒液将被放进橡木桶中酝酿一年时间。在加入香料之前酒液就已经形成了黄金般的色泽以及其他一些品质。此品牌的特色口感是通过其独特的配方体现出来的。这个配方是在酿制的最后一步调入到朗姆酒中的，完全使用进口的加勒比海岛屿本地的香料酿制，进口香料成为其真正独特美妙口感的秘密之所在。

这款富有强烈岛国风味的朗姆酒独具特色：摩根船长金朗姆酒酒味香甜；摩根船长白朗姆酒以软化见称；摩根船长黑朗姆则醇厚馥郁。黑朗姆酒度为 40°~43° ，是经过 3 年以上陈酿的陈酒，酒液呈橡木色。美丽而晶莹，酒香浓醇而优雅，口味精细、圆正，回味甘润，极富风味。

2003 年摩根上尉朗姆酒做电视广告，广告语“请喝一点上尉！”凭着这位海盗出身的上尉的传奇经历，凭着“上尉在此”的一句广告，摩根上尉打开了美国市场，六个分支，2005 年销售了 500 万箱。

在生产朗姆酒的国家，人们多喝纯的未加任何调合的朗姆酒。他们认为朗姆酒的独特风味是要直接品味的；而在美国，朗姆酒则更多地用来调制鸡尾酒，很少净饮。另外，因为烧焦的蔗糖有强烈的香味，所以朗姆酒也经常被用作在烹饪上制作糕点、糖果、冰淇淋以及法式大菜的调味。除此之外，朗姆酒饮用时还可加冰、加水、加可乐或加热水。据说将热水和黑色朗姆酒兑在一起，便是冬天治感冒的特效偏方。

啤酒物语

——男人的宣言

有一种诱惑似乎无人能够抗拒，多少人心甘情愿地臣服于它的魅力，它带给人的含义似乎已经远远超出了饮料本身，人们对它抱有超乎寻常的热情，而同时，又总是有些没完没了的怪责和批评的声音与它联系在一起。这，就是神奇而又特殊的液体饮料——啤酒。

麦芽、啤酒花、水和酵母，构建了微醺世界中思想者的领地。

啤酒是豪放男人的挚爱，再没有什么酒类能如啤酒这样自由驰骋，松开领带，撇开衣领把烦恼抛在九霄云外，啤酒给男士们带来一种过渡，从正襟巍然到自由洒脱。

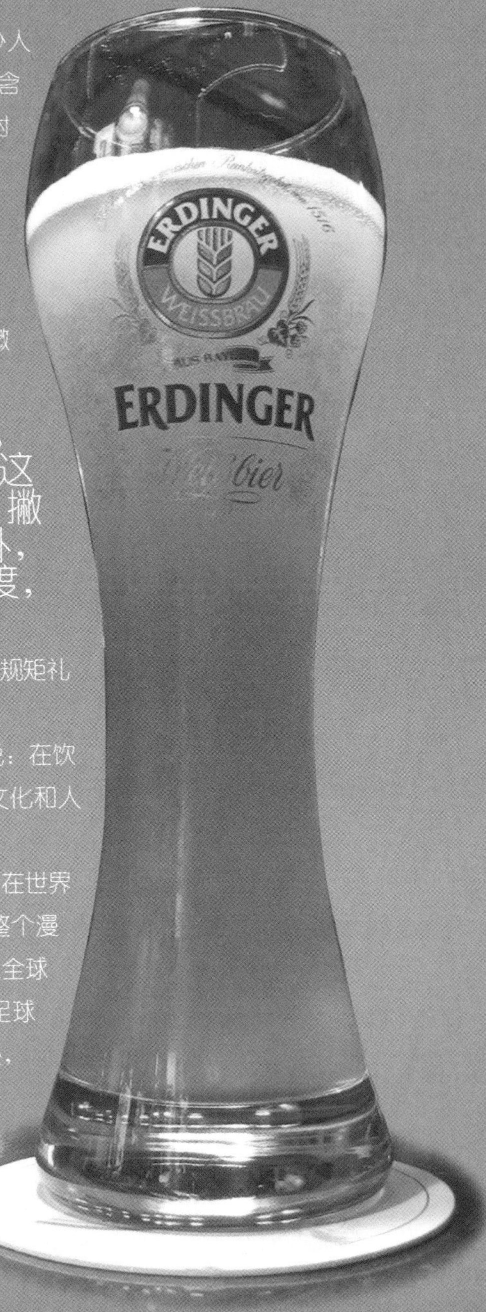

啤酒有更广博的胸怀，它不屑于任何规矩礼节，是真正傲视于群酒的大类别。

英国著名哲学家罗素在一次演讲中说：在饮料文化中，欧洲的啤酒文化对欧洲饮食文化和人生情趣的影响是深远的。

人类给自己制造了许多欢乐之后，又在世界杯中找到了一个更为充足狂欢的理由。整个漫长的赛程成为人类最漫长的狂欢节，而且全球性使它远远走出了族界、国界、洲界。足球与啤酒对人类精神的影响有很多相似之处，诱发狂欢便是其中之一。啤酒唤醒人的真性情，兴奋你，燃烧你，使你进入生命的极致状态，却不醉倒你，而这正是足球的酒精度数。

（德）贝克 Beck's
——啤酒将军

>> 品牌精神

拥有400年历史的贝克啤酒是德国啤酒的代表，也是全世界最受欢迎的德国啤酒。尤其是在美国（每年大约1亿升）、英国和意大利，贝克啤酒更是进口啤酒的冠军品牌，年出口占德国啤酒出口总量的35%以上。

>> 品牌故事

北欧以前的传统是由女性酿造啤酒的，那些女性就是传说中的“女武神”（北欧神话中决定谁该阵亡并将阵亡将士引至英烈祠的女神），她们酿造出的酒被视为“不死之水”。这种习俗也流传到了德国北部，年轻女人出嫁时会带着不同的酿造器具到夫家。这种传统直到公元8世纪葡萄酒文化的涌入才有所改变。由于德国地处北欧，气候严寒，啤酒不仅可以御寒，还跟洋葱一样被当成药物，用来医治坏血病，加上严寒不能种植葡萄，啤酒便成了德国的饮料之王。

谈到德国，人们往往会自然而然地想起两样东西：足球和啤酒。而当谈到啤酒时，你会发现，德国有如此之多的著名品牌，会令你目不暇接，感觉无从选择。虽然有这么多品质优良的啤酒，但毋庸置疑，最受人欢迎的优质啤酒仍非贝克莫属。在炎热的夏日午后，没有什么比手捧一大杯清凉的贝克啤酒，痛痛快快地畅饮一番更美的了。

如同美国的牛仔，中国的瓷器，贝克啤酒对德国是有代表意义的。贝克啤酒起源于16世纪的不来梅古城，其优良的酿造技术，使“BECK'S”品牌传播至今。1876年，在纪念美国建国100年的费城世界博览会上，贝克啤酒获得第一届国际竞赛金牌奖的殊荣，此后百余年来所荣获的奖项更是不计其数。德国人都以自己的啤酒文化的精纯而自豪，这是有史可考的。公元1516年，巴伐利亚公爵威廉四世为了保持啤酒的精纯，编纂了一部严苛的法典“精纯戒律”，明确规定只能用大麦（以及后来的大麦芽汁）、水及啤酒花生产啤酒，这是人类历史上最古老的食品法律文献。

贝克啤酒风行全球140多个国家，高居德国

啤酒出口量第一位。它不断地在全球各地的报纸、杂志、新闻媒介上宣传“BECK'S”和其特有的钥匙图形，使“BECK'S”商标和钥匙图形在世界各地都能见到。贝克也在德国、英国、新加坡、日本、美国等许多国家和香港地区注册了“BECK'S”商标。通过长期的广泛的宣传和注册，“BECK'S”商标已成为世界驰名商标。

贝克啤酒产品包括Beck's Lager、Light、Dark Lager、Oktoberfest与无酒精啤酒等。Lager体现了传统的德国口味，酒质饱满丰富，Light爽口宜人，曾于1999年、2000年、2001年连续三年在美国品鉴会上获得金牌，Dark Lager是全球黑啤的代言者。经过特殊的烘烤过程，再经糖化水解后所酿成的贝克啤酒，口味醇美营养丰富，低刺激性的温和酒质是有健康概念的高品质啤酒。

在德国，有种“啤酒与巴伐利亚”的说法，因为世界上再没有哪个地方的啤酒消耗量可与巴伐利亚媲美。巴伐利亚有1100万居民，每个人的年平均啤酒消耗量为230升，换句话说，每个巴伐利亚人（无论男女老少）每天要喝半升啤酒。因此，许多人说喝啤酒是德国人最爱的休闲活动，而巴伐利亚人是个中翘楚。

从18世纪开始，贝克就由不来梅向北海和波罗地海沿岸各城市出口啤酒。直到现在该公司还始终继承这一传统。

1992年贝克与中国福建莆田金钥匙啤酒厂进行许可证生产合作，一度成为在中国名气最大的外国啤酒之一。后来由于特殊的原因贝克终止了许可证合作合同。1999年4月贝克与澳大利亚狮王集团在苏州独资的一家啤酒公司签定许可证协议，将在中国生产和销售贝克牌啤酒的权利转让给了狮王集团。

>> 品牌鉴赏

贝克的味道如同德国人一样实在可信，是最适合成功人士饮用的啤酒。

（美）百威 Budweiser

——啤酒之王

>> 品牌精神

在美国，百威啤酒是“这样的一种啤酒”：消费者辛苦劳作一天后，在回家路边的酒吧里驻足品尝的啤酒。百威啤酒总是与工装裤（美国人将工装裤视为休闲服装的概念）、沾满油污的双手、艰苦劳作联系在一起。在美国市场上，百威啤酒强调“梦想”，集梦想、力量及劳动自豪感于一身的男子汉形象就成为百威啤酒消费者心目中的完美形象。

>> 品牌故事

百威是全球销售量第一的啤酒品牌，由全球最大的啤酒集团安海泽布施酿造销售，行销世界 70 余国，在美国每 5 瓶奖品级啤酒中就有一瓶是百威。

百威啤酒诞生于 1876 年，百余年发展中一直以其纯正的口感，过硬的质量赢得了全世界消费者的青睐，成为世界最畅销、销量最多的啤酒，长久以来被誉为是“啤酒之王”！在美国《商业周刊》公布的全球 100 大品牌排行榜中，除了个别年份由于全球啤酒市场的总体疲软，品牌价值略微有所下跌以外，百威啤酒保持了其在全球啤酒市场上绝对的主导性地位，在世界啤酒史上留下了极其辉煌的一页！

百威的其他品项还包括 Bud Light、Bud Ice、Bud Ice Light 等。Bud Light 的口感爽朗清新，热量较低，在 1994 年成为美国低卡啤酒的冠军。Bud Ice 展现平滑顺畅的口味，BudIce Light 则是热量较低的冰酿百威，散放甘醇的风味，是美国乡村文化爱好者的首选。

百威啤酒在其广告传播活动中使用强健的挽马。挽马又称驮马，它的最大特点是具有健壮的身体、超凡的精力，一副力大能堪重之相成就了挽马的气

>> 品牌鉴赏

百威啤酒，低温发酵，历经较长的陈化时间，口味丰富醇厚，口感舒畅，略带苦味，拥有清澄的琥珀色、细腻的白泡沫、均和的味道，可以说是啤酒味觉中的标准。

质。实际上，挽马也是作为百威啤酒品牌的内涵中自由与梦想的替代品而存在的。挽马是个性很强的动物，虽然挽马外表显得很温顺，很安静，但在挽马的内心深处那种强烈的竞争意识是其他动物所不及的。因而百威啤酒选择挽马作为其品牌的视觉符号，把工薪阶层形象与美国传统美德完美结合。

在美国，没有绝对的权威，有的只是一种自由与竞争相交织的梦想激情。美国人信奉机会的平等，这种机会的平等既是美国人的一种理想，也是其生活的实际状况。在一个认为人可以决定自己命运的社会中，处于社会底层的人，将更有希望看到自己梦想和美好的未来。因而，在美国市场上，每一个喝百威啤酒的消费者都有自己的梦想和荣耀。

（丹）嘉士伯 Carlsberg
——世界百佳啤酒

>> 品牌精神

嘉士伯啤酒的口感属于典型的欧洲式贮藏啤酒，酒质澄澈甘醇，嘉士伯十分重视产品的质量，打出的口号是“可能是世界上最好的啤酒”(Probably the best beer in the world)，相当深入人心。它通过各种人文与运动活动，包括音乐、球赛等活动的赞助，树立了良好的品牌形象。

>> 品牌故事

啤酒的历史在丹麦可谓源远流长。公元 15 世纪丹麦就有酿制啤酒的记载。从 16 世纪啤酒的基本成分确定以来，它逐渐成为丹麦人一日三餐饭桌上必不可少的饮料。可以说当啤酒成为丹麦人的日常饮料的时候，现代人熟悉的茶、咖啡和苏打矿泉水还没有出现呢。在当时，啤酒一方面解决了河水、井水不洁，不宜饮用的问题，另一方面也为当时相对贫乏、缺少维生素的饮食提供了必要的补充。

1847 年，哥本哈根青年 J.C. 雅可布森在首都旧城墙外的瓦尔比坡地开

办了一座工业化啤酒厂，取名“嘉士伯”，意即“卡尔的坡地”，卡尔指雅可布森之子，坡地就是指瓦尔比坡地。1871 年，卡尔·雅可布森子承父业，投身酿造事业，并在 1882 年创立了新嘉士伯啤酒厂。1904 年，嘉士伯啤酒被丹麦皇室许可作为指定的供应商，其商标亦多了一个皇冠标志。1906 年，新老嘉士伯啤酒厂合并，改名嘉士伯酿酒公司。1970 年，嘉士伯与杜伯公司合并，成立嘉士伯股份有限公司，业务范围是啤酒和软饮料的生产与销售。从此嘉士伯成为啤酒行业的一匹黑马，由嘉士伯实验室汉逊博士培养的汉逊酵母至今仍被各国啤酒业界应用。嘉士伯啤酒工艺一直是啤酒业的典范之一，重视原材料的选择和严格的加工工艺保证其质量一流。1992 年，在美国举行的国际啤酒评选中，来自北欧小国丹麦生产的“嘉士伯”牌啤酒，经过激烈的角逐，荣获“世界最佳啤酒”的称号。

这里特别说明一点：雅可布森是一位文学艺术和科学文化的爱好者。1896 年他捐巨款建立了嘉士伯基金会。一百多年来嘉士伯基金会提供了几十亿的资金用于支持丹麦的文化科学事业的发展，建立博物馆、纪念碑，资助各种文化体育活动，搜集传统音乐，探索科学研究课题。嘉士伯基金会的慷慨捐赠遍及丹麦各个文化艺术和科学研究领域。它还是一年一度的哥本哈根爵士乐节的唯一赞助

商。嘉士伯基金会还管理着丹麦国家历史博物馆，在那里人们可以欣赏到13至18世纪欧洲艺术巨匠的杰出作品、300多年以来丹麦的艺术精品和现代艺术作品。

在20世纪70年代，嘉士伯啤酒有70%是在丹麦本国销售，30%出口到其他国家。如今，这个数字正好颠倒过来。嘉士伯在世界近30个国家建立了自己的啤酒生产线，其啤酒生产总量的70%出口到世界其他国家，使嘉士伯的美名与它的美酒一道飘香全球。

嘉士伯啤酒分14大类，44个系列，100多种品味。除普通啤酒外，还分圣诞节啤酒、复活节啤酒、浓香型、淡香型，味道不同，颜色各异。尽管如此，新产品仍在源源不断地诞生。在这些新产品面市之前，厂方先把它们分发给员工品尝，只限于研究所的员工，以求得专家及工人们对这些“内部啤酒”的意见。酿造部门负责搜集意见，对“内部啤酒”进行改进，然后选出最佳品种推向市场，这就是嘉士伯的“啤酒民主”。时至今日，嘉士伯已成为世界五大啤酒酿造集团之一。而J.C.雅可布森的理念，则凝聚在他的“金科玉律”中，永远铭刻在哥本哈根嘉士伯酿酒厂的著名石像大门之上——要将啤酒酿制艺术发展到十全十美的境界，使嘉士伯啤酒厂及其产品保持在一个永远受人推崇的高超水准。

>> 品牌鉴赏

嘉士伯啤酒风行世界140多个国家，并被喜爱啤酒的人们誉为“可能是世界上最好的啤酒”。如今，嘉士伯在全球45个国家的90个不同地方设有酿酒基地，每年生产约90亿升的啤酒，相当于每天生产7400万瓶330毫升装的啤酒。

（墨）科罗娜 Corona
——异国风情

>> 品牌精神

1997年，世界最重要的酒类分析杂志颁发给科罗娜特级啤酒有史以来最特别的奖项：“HOT BRAND”——全球最发烧的品牌。自此，科罗娜的品牌形象与地位，毋庸再议。如今，在任何时刻、任何地方，你都可以享受科罗娜所带来的欢乐时光与独特的热带风情，就如同科罗娜的口号——“NO CORONA，NO PARTY!!”科罗娜让你和世界的欢乐同步！

>> 品牌故事

早在德国酿酒师自19世纪移民到墨西哥之前，西班牙的征服者阿隆索·埃雷拉在1544年就把晒烤麦芽的酿酒技术引进了北美地区，为酿造高质量的啤酒打下了基础。在对欧洲经典品质啤酒的理解上，墨西哥的酿造师们慢慢研制出自己的独特风味，至今还保持着当年的原创特征。

世界上的第一瓶科罗娜特级啤酒在1925年由位于墨西哥市的莫德罗（Modelo）集团研发酿造而诞生。它不仅是墨西哥国内产销量最高的啤酒，

也是墨西哥外销品牌的第一名。

全世界的科罗娜特级啤酒均来自莫德罗集团。莫德罗集团专业于生产及营销啤酒，目前占有国内57%的啤酒消费市场，并外销至全世界。不似其他酒厂在各国设厂，莫德罗坚持在境内酿制所有酒类，此举可确保全世界每一瓶科罗娜都有相同的质量与口感，不因各地区资源及水质的不同而受影响。莫德罗在墨西哥境内拥有8个酿酒厂，年产量达39.5亿公升，旗下共有10个啤酒品牌，包括了墨西哥外销产量最大的科罗娜特级啤酒，莫德罗 Especial，Victoria，Pacifico，莫德罗黑啤及其他地区性品牌，目前有5个品牌外销出口至全球超过140个国家。1994年，莫德罗成为正式股票上市公司，集团规模更扩大延伸。目前科罗娜已成为全球销售排名第五的畅销啤酒。

科罗娜特级啤酒在20世纪30年代是属于蓝领阶级的啤酒，然而到了60年代，科罗娜突破了以往的品质，取得巨大的成功。20世纪70年代，底气十足的科罗娜昂首迈向国际化，以“高档价位”全力挺进美国市场，进而打入加拿大、日本、澳大利亚等国家。科罗娜特级啤酒摇身一变成为全球销量增长最快的品牌啤酒之一。

最让全球啤酒酿制业赞不绝口的，莫过于科罗娜挺进美国啤酒市场战略过程中，巧夺天工地独创了“长脖颈＋透明”的啤酒瓶新品。面对美国消费者有不喜欢科罗娜特级啤酒那深色酒瓶的营销窘状，莫德罗集团并未一味埋怨“美国酒客太挑剔”，反而以“顾

>> 品牌鉴赏

科罗娜畅销全球，除了风味独特之外，独到的行销手法也别具一格，如定位为来自墨西哥的Premium级产品，标榜与柠檬的搭配，突显墨西哥与加勒比海的异国情调，当然还有强调度假心情的电视平面广告。

客的需求就是最高标准”为准绳，潜心研究发明出“长脖颈+透明”的曲线优美酒瓶新品。这一啤酒瓶新品，瓶体的粗细让人一只手就可牢牢握住，充满了人性化的设计，不仅让人在舒适中尽情体味时尚与浪漫，而且成就了科罗娜特级啤酒极为独特的品牌标志。

虽说这仅仅只是啤酒瓶形状和酒瓶颜色浓淡的改变，但由此引发的裂变效应却大大出乎了人们的意料——正是由于“长脖颈+透明”啤酒瓶新品浓缩了时尚与经典的完美形象，才使得科罗娜特级啤酒在美国市场的销量以几何级销量攀升，风靡大街小巷的酒吧、餐厅和演艺场所。仅1985～1986年间，科罗娜特级啤酒在美国啤酒市场的增长率高达170%，使得美国媒体惊诧不已——“墨西哥啤酒开始抢占世界啦！”。

（荷）喜力 Heineken
——杯中万人迷

>> 品牌精神

喜力啤酒享有其他啤酒所不能企及的130多年长盛不衰的历史。在一个表面上看起来产品大同小异的巨大市场内，这种荷兰生产的啤酒所运用的怪异诙谐和强烈品牌个性使它脱颖而出。今天，喜力啤酒是世界上最畅销的品

Heineken

牌之一。

>> 品牌故事

喜力是一种主要以蛇麻子为原料酿制而成的酒，口感平顺甘醇，不含枯涩刺激。1863 年杰拉德·喜力在荷兰阿姆斯特丹建立了喜力啤酒公司，它现在已不单是世界产量排名第二的啤酒酿造公司，更是世界上最大的啤酒出口商，当之无愧的最具国际化的第一品牌。通过当地生产 / 出口以及特约授权生产等多种做法的相互配合，喜力产品现已行销世界 170 多个国家。

创建公司之初，为了生产更好的啤酒，喜力几乎走遍全世界去寻找最好的配料，他还特意建立了一座私人图书馆，所有的书都是关于酿造的。1886 年，艾琳博士将当时的许多酿造厂中的一间独立出来，作为自己专门的实验对象，于是出现了一个名字叫做“喜力 A 级”的酿造厂。这对喜力后来的发展起到了关键的作用，是喜力口味标准的制定者。1883 年喜力获得了一项特殊荣誉“外交荣誉奖”。至今，喜力的瓶子上还印有这样的字。

1917 年，喜力的儿子接管公司，并把对酿造技术的研究工作当作自己的事业。第一次世界大战使喜力停止了壮大的进程，但不久后美国政府撤销了对酒类的禁运政策，喜力抓紧时机迅速成长为世界上对美国出口量最高的啤酒。1933 年美国《时代周刊》上写了一段对喜力有历史意义的一句话：13 年来，第一批合法进口的啤酒已于昨日运抵。这是从鹿特丹运来的 100 加仑喜力啤酒。

1953 年，喜力的孙子成为喜力的第三代领导人，他为品牌的识别做了巨大的贡献，极具创意地把喜力啤酒瓶的颜色统一为绿色，把喜力品牌标志中的三个英文字母 E 巧妙的设计为微笑的嘴巴。喜力的成功在很大程度上得益于它成功的广告宣传和精美的包装。

今天，啤酒爱好者们比过去更加不忠实于某一个品牌。时尚的影响降低了他们的坚定性，他们更喜欢去品尝不同的啤酒，不断地去寻找一种适合自己的产品。这对于小型酿造厂来说是一个好消息，但对喜力这样大批量市场的品牌却造成更大的负面影响。而这种荷兰啤酒在最近几年里立于不败之地是基于一种娱乐感觉和品牌个性，这使它能够适应市场环境的变化。

>> 品牌鉴赏

喜力啤酒，浅黄色带绿，有醒目光泽，清亮透明，泡沫丰富，口味纯正，酒质清冽，酒体协调柔和，苦味细腻微弱且略显愉快，广泛被知识分子所选用。其广告创意也强调孤身奋斗，是独身奋斗人士的首选。

（美）美洲豹 Catamount Brewing
——酒中之豹

>> 品牌精神

当美洲豹公司的总裁兼共同创始人斯蒂夫·梅森决定在美国东北部开办一家微型啤酒厂的时候，他成为这方面的开路先锋。往往每一个新品，都是艺术佳作。除了味蕾上的美味与满足外，还有很多的苛求、突破、冒险，很多凌驾于想象之外的穷究与创意，令你不能不为之惊喜、震慑、感动、倾倒、拍案叫绝……

>> 品牌故事

19 世纪 90 年代的美国佛蒙特州还没有一家成规模的啤酒厂，更乏酿酒设备，虽然有一些家庭酿酒师，但不足以达到首席酿造师的水平。于是，梅森到英国哈德福郡的斯旺内尔啤酒厂做见习生，学习成体系规模的酿酒技术和啤酒厂管理经验。在这里，梅森不仅学到了丰富的酿酒知识，更无可救药地迷恋上了爱尔啤酒。

1985 年，梅森与合伙人艾伦·戴维斯和斯蒂夫·伊斯雷尔共同建立了美洲豹啤酒公司，到 1987 年初，第一批啤酒美洲豹金色啤酒和美洲豹琥珀色啤酒开始下瓶装流水线进入市场。其中金色啤酒模仿了禁酒令前所流行的美式金色爱尔啤酒，有着刺鼻的酒花味，颗粒状的麦芽特征，夹带着干爽的复杂味，留香时间久，回味中有麦芽的香甜味，是 1989 年全美啤酒节上的金牌得主。琥珀色啤酒有浓厚持久的泡沫层，微弱的焦糖麦芽和酒花植物的混合香味，是不错的宴会啤酒。

随着美洲豹公司的产品多次得奖，就像一座微型啤酒酿造学校，吸引了不少毕业生和啤酒爱好者前来取经学习，并很快走向首席酿酒师之位。

近年来，除了生产淡色爱尔啤酒外，美洲豹公司成功地涉足了德国巴克啤酒、波特啤酒和十月假日等风格的啤酒，并为不少地方的酒厂签约酿造啤酒。

>> 品牌鉴赏

喝美洲豹要大口畅饮，让酒液与口腔充分接触，品尝啤酒的独特味道。美洲豹啤酒含有苦味，有净口、开胃、生津、止渴等作用。如果细饮慢酌，啤酒在口中升温会加重苦味，除了凉爽感觉的苦味外，还有滑润、细腻、淡爽的特点。

（美）蓝带 Pabst Blue Ribbon
——酒中真味

>> 品牌精神

蓝带啤酒象征着优质、激情，代表着时尚潮流。自 1990 年，蓝带来到中国，经过十多年悉心经营和对品质如一的追求，也赢得了中国人民的喜爱。

>> 品牌故事

蓝带啤酒的历史可以追溯到 159 年前。1844 年，德国酿酒师菲力普·贝斯特和他的四个儿子飘洋过海来到了美国威侯康新州，开始在美国酿制“汉姆斯”和“奥林匹克”特选酒。他们坚持以优秀质地的材料来酿造啤酒，并定下一条铁则：任何时候都不降低对酿酒原料的要求。这一铁则为家族传人所坚守，因此，蓝带啤酒的纯正血统 159 年来始终如一，深受美国甚至全世界人民的喜爱。

蓝带啤酒秉承美国制造啤酒业的标准，不断追求创新。沉淀 150 多年的酿造经验，糅合现代科技，蓝带啤酒现已实现生产流程全智能化控制，更特意聘请美国总部的职业酿酒师来监控酿酒工艺。为了从根本上保证蓝带啤酒品质的始终如一，蓝带啤酒企业独家配备价值千万的检测设备 SKALAR 和 SCABER，对品质进行严格苛刻的检测。

经历百年流变，蓝带创出了一套自己独有的酿造工艺和酿制配方。每一种蓝带啤酒都拥有自己的风格，和各地消费者的口味相吻合，神妙之处，各不相同。

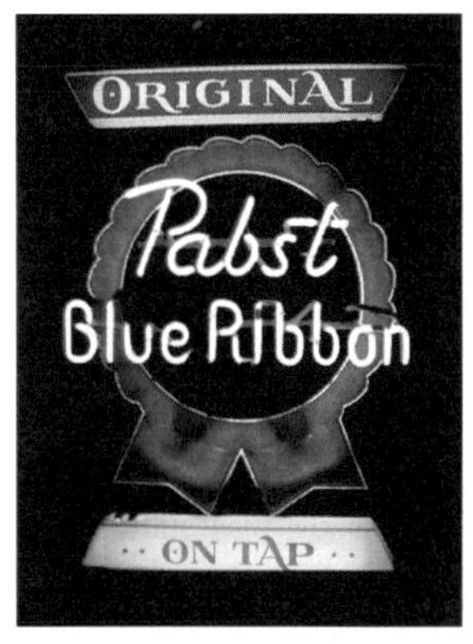

经过 150 多年的匠心独运，蓝带啤酒完美保持了美国大陆的传统清爽口味。酒液晶莹剔透、泡沫持久挂杯。品质要求全球化一致性。为保持全球蓝带啤酒口味和品质的一致性，蓝带人对水质的要求非常苛刻。美国人用 150 多年的经历验证了用偏酸性的软水酿造啤酒，能使啤酒口感更清爽顺喉。中国肇庆是美国蓝带总部以外唯一的生产基地，原因是肇庆鼎湖与美国蓝带生产基地的水质有惊人的相似之处。

>> 品牌鉴赏

喝蓝带啤酒要大口畅饮，让酒液与口腔充分接触，品尝其独特味道。如果细饮慢酌，啤酒在口中升温除了凉爽感觉的苦味外，还有滑润、细腻、淡爽的特点。

咖啡 B

健康使者

咖啡物语

——生活艺术的宗教

随着第一粒咖啡豆被采摘下来，历经第一次焙烤、第一次研磨、第一次冲调直至第一杯热咖啡的醇香飘散开来，有关咖啡种植和深蕴其中的咖啡文化便开始广为流传，并逐渐成为史上最深邃、最浪漫的故事之一。

咖啡的世界令人迷惑。神秘的棕色，氤氲的香气，难以控制的眷恋，引导着一种锐不可当的流行风潮。这是一个近乎脱俗的境界，甚至成了一种精神的象征。有人说，每一杯咖啡，其实只有百分之五十是咖啡豆和糖调成的，另外百分之五十，是一种成分复杂、名为感觉的东西。既然如此，煮好一杯咖啡，还要浓缩个性，将情绪养在咖啡里，方能成为带着自己味道的咖啡。

喝咖啡，自觉不自觉地表达着一种优雅韵味，一种浪漫情调，一种享受生活的惬意感。走在世纪的狂风漫沙里，我们透过咖啡，找到相拥而行的方式。

许多人因为孤独，躲到咖啡里，而不甘寂寞的人，则宁可走进咖啡馆，寻找取暖的方式。你呢？你习惯用什么样的面貌和咖啡见面？总是一个人喝咖啡，还是情愿沸腾一屋子的咖啡香？

咖啡可以是忧郁的文学，是村上春树、米兰·昆德拉；是贴心的宠物，叛逆的猫、忠实的狗；也可以是四季的绵延，痛快利落的晴天，是长了霉的雨季……

其实这都无关紧要。重要的是，当梦想迷途的时候，记得在咖啡里照见最初的希望。

（牙）牙买加蓝山
Jamaica Blue Mountain
——国王的咖啡

>> 品牌精神

牙买加蓝山是世界上最有名、最昂贵的咖啡，具有咖啡的所有物质。它的味道芳醇丰富、浓郁，酸味适度而完美，清爽雅致，非常滑润爽口、醇香浓烈，是咖啡中的极品，被誉为“国王的咖啡”。

就像劳斯莱斯汽车和斯特拉迪瓦的小提琴一样，当某种东西获得“世界上最好”的声望时，这一声望往往就使它形成了自己的特色，并变成一个永世流传的神话。

>> 品牌故事

牙买加岛上最早出现的咖啡是1728年从拉丁美洲的海地传过来的。

你或许不曾去过牙买加，但一定眷恋着鼎鼎大名的蓝山咖啡。号称咖啡中极品的蓝山咖啡究竟有何特别之处？让我们走一趟牙买加，探访蓝山咖啡的贵族身世。

标高7400英尺的蓝山，是牙买加岛上的最高峰。这座山之所以有这样的美名，是因为从前抵达牙买加的英国士兵看到山峰笼罩着蓝色的光芒，便大呼：“看啊，蓝色的山！”从此得名“蓝山”。实际上，牙买加岛被加勒比海环绕，每当晴朗的日子，灿烂的阳光照射在海面上，远处的群山因为蔚蓝海水的折射而笼罩在一层淡淡幽幽的蓝色氛围中，从而显得缥缈空灵，颇具几分神秘色彩。

长在蓝山上的咖啡并不等同于“蓝山咖啡”。只有生长在高度在海拔457米到1524米之间的，才够资格被称为蓝山咖啡。对于小粒种咖啡来说，这个海拔已经相当高了。1725年，尼古拉劳斯爵士将第一批蓝山咖

>> **品牌鉴赏**

纯牙买加蓝山咖啡将咖啡中独特的酸、苦、甘、醇等味道完美地融合在一起，形成强烈诱人的优雅气息，是其他咖啡望尘莫及的。喜爱蓝山咖啡的人称：“它是集所有好咖啡优点于一身的‘咖啡美人’”。

啡树种从马提尼克岛带到牙买加，种植在圣安德鲁地区。8 年内，牙买加出口纯正的咖啡达 375 吨之多。到 1981 年，牙买加又有 1500 多公顷的土地被开垦用于种植咖啡，事实上，今天的蓝山地区是一个仅有 6000 公顷的小地方，不可能所有标着“蓝山”字样的咖啡都产自那里。另外的 1.2 万公顷土地用于种植高山顶级咖啡和牙买加咖啡。

是什么使牙买加的蓝山咖啡如此特殊？答案就是它兼具了先天的优良血统和后天的绝佳环境。从选种、种植、采收、加工分级到包装出口，蓝山咖啡可说是咖啡里的模范生。真正的蓝山咖啡还拥有世界上最优越的种植条件，牙买加蓝山的天气、地质结构和地势共同提供了得天独厚的理想场所。高山上气候阴凉，延长了咖啡的成熟期；昼夜温差的冲击可以减缓咖啡豆中的淀粉转换成糖的速度，从而增加咖啡的浓郁香味；再者，蓝山极不平坦，采收的过程非常困难，而采收咖啡的几乎全是女性。

所有外销的蓝山咖啡都必须经过牙买加咖啡工业局的详细审查。唯有通过专业的品管人员品尝测试的咖啡，才能踏入世界市场。

蓝山咖啡的运输也有特别的要求，必须采用容量为70千克的木桶运输，这种木桶是瓜德罗普岛所生产的博尼菲尔木桶的仿制品，通常带有商标和生产厂家的名称。

闯过重重关卡之后的蓝山咖啡，具备馥郁的香气以及圆润柔和的口感，还有些许水果味，适当的中度烘培更能够凸显出其与众不同的卓然风味。

它是世界上最甜美的咖啡之一，味道被描述为："给我的感觉像宝石般珍贵。"它复杂，但是非常温和，甜，有非常强的醇度。它就是今天令全世界咖啡爱好者为之着迷的牙买加蓝山咖啡。

（哥）哥伦比亚特级 Colombian Superfine
——馨香馥郁

>> 品牌精神

哥伦比亚特级，是阿拉比加种咖啡中相当具有代表性的一个优良品种，是传统的深度烘烤咖啡，具有浓烈而值得怀念的味道。它的香气浓郁而厚实，带有明朗的优质酸性，高均衡度，有时具有坚果味，余香有淡淡的巧克力味。不论是外观上、品质上，哥伦比亚特级都相当优良，像女人隐约的娇媚，迷人且恰到好处。

>> 品牌故事

哥伦比亚位于南美西北部，边界在太平洋和大西洋。西北到巴拿马，东到委内瑞拉，东南到巴西，南部临秘鲁，西南临厄瓜多尔。1808年，一名牧师从法属安德列斯经委内瑞拉将咖啡首次引入哥伦比亚。今天，哥伦比亚是继巴西后的第二大咖啡生产国，是世界上最大的阿拉伯咖啡豆出口国，也是世界上最大的水洗咖啡豆出口国。

哥伦比亚咖啡是少数冠以国名在世界上出售的原味咖啡之一。在质量方面，它获得了其他咖啡无法企及的赞誉。

哥伦比亚咖啡分200多个档次，也就是说咖啡的区域性很强。该国的咖啡生产区位于安第斯山脉，那里气候温和，空气潮湿。哥伦比亚有三条科迪耶拉山脉南北向纵贯，正好伸向安第斯山。沿着这些山脉的高地种植着咖

啡。山阶提供了多样性气候，这里整年都是收获季节，在不同时期不同种类的咖啡相继成熟。而且幸运的是，哥伦比亚不像巴西，它不必担心霜害。

哥伦比亚最重要的种植园位于麦德林、阿尔梅尼亚和马尼洒莱斯地区，在上述三个地区中，麦德林地区的咖啡质量最佳，售价也高，其特点是：颗粒饱满，营养丰富，香味浓郁，酸度适中。这三个地区合起来简称 MAM。

哥伦比亚大约有 7 亿株咖啡树，其中 66% 以现代化栽种方式种植在种植园内，其余的种植在传统经营的小型农场里。

哥伦比亚的国家咖啡管理协会像肯尼亚的国家咖啡管理协会一样，是咖啡组织的典范。

与其他生产国相比，哥伦比亚更关心开发产品和促进生产。正是这一点，再加上其优越的地理条件和气候条件，使得哥伦比亚咖啡质优味美，誉满全球。咖啡在哥伦比亚的地位从以下事例中可见一斑——所有进入该国的车辆都必须喷雾消毒，以免无意中带来疾病，损害咖啡树。

哥伦比亚有幸拥有大西洋港口和太平洋港口，这有助于降低咖啡的运输费用。在南美，它是唯一具备该条件的国家。

>> 品牌鉴赏

哥伦比亚咖啡经常被描述为具有丝一般柔滑的口感，在所有的咖啡中，它的均衡度最好，口味绵软，柔滑，可以随时饮用。

（肯）肯尼亚 AA
——罕见而完美

>> 品牌精神

咖啡业内人士无不认为肯尼亚咖啡是其最爱的产品之一，这是因为肯尼亚咖啡包含了我们想从一杯好咖啡中得到的每一种感觉。它具有美妙绝伦、令人满意的芳香，均衡可口的酸度，均衡的颗粒和极佳的水果味，口感丰富完美。

>> 品牌故事

咖啡在 19 世纪进入肯尼亚，当时埃塞俄比亚的咖啡饮品由南也门进口到肯尼亚。但直到 20 世纪初，波旁咖啡树才由圣·奥斯汀使团引入。

肯尼亚咖啡大多生长在海拔 1500 米～2100 米的地方，一年中收获两次。肯尼亚勤劳的人们对咖啡的热爱程度就像对热恋中的情人一样。

占肯尼亚咖啡总产量的 55%～60%（占庄园数量的 40%～45%）由无数个小经营者经营。这些小经营者看到了咖啡绝对有利可图，便不断地提高

对农艺的提高和咖啡高品质树种的开发，从而大大地推动了肯尼亚咖啡的发展。为确保只有成熟的咖啡果被采摘，人们必须在林间巡回检查，来回大约七次。他们收获咖啡后，先把咖啡豆送到合作清洗站，由清洗站将洗过晒干的咖啡以“羊皮纸咖啡豆”（即外覆内果皮的咖啡豆）的状态送到合作社（“羊皮纸咖啡”是咖啡豆去皮前的最后状态）。

肯尼亚政府对待咖啡业极其认真，在这里，砍伐或毁坏咖啡树是违法的。肯尼亚咖啡的购买者均是世界级的咖啡购买商，也没有任何国家能像肯尼亚这样连续地种植、生产和销售咖啡。所有咖啡豆首先由肯尼亚咖啡委员会收购，在此进行鉴定、评级，然后在每周的拍卖会上出售，拍卖时不再分等级。最好的咖啡等级是豆型浆果咖啡 (PB)，然后是 AA++、AA+、AA、AB 等，依此排列。上等咖啡光泽鲜亮，味美可口且略带酒香。

肯尼亚咖啡借好莱坞电影《走出非洲》的轰动而更加名声大噪。影片中

>> 品牌鉴赏

肯尼亚咖啡是酸性高密度的咖啡，它的味道就像自然风景一样耐人寻味，非常香浓，有葡萄酒的清香。

梅里尔·斯特里普扮演的女主人公卡伦是一位作家和咖啡种植园主。许多人大概仍记得影片中卡伦黄白的亚麻裙、动人的美景和壮丽的日落，更令人难以忘怀的是卡伦想在非洲拥有一个咖啡种植园的梦想。

（美）夏威夷科纳 Hawaii Kona
——世界上最美的咖啡豆

>> 品牌精神

夏威夷产的科纳咖啡豆具有完美的外表，它的果实异常饱满，而且光泽鲜亮，是世界上最美的咖啡豆。咖啡柔滑、浓香，具有诱人的坚果香味，酸度也较均衡适度，就像夏威夷群岛上斑斓的色彩一样迷人，一样余味悠长。

>> 品牌故事

蜚声世界的“夏威夷科纳”是香醇而酸的上等咖啡豆。

科纳咖啡种植在夏威夷岛西南岸、毛那罗阿火山的斜坡上。就风味来说，科纳豆比较接近中美洲咖啡，而不像印尼咖啡。它的平均品质很高，处

理得很仔细，质感中等，酸味不错，有非常丰富的味道，而且新鲜的科纳咖啡香得不得了。如果你觉得印尼咖啡太厚，非洲咖啡太酸，中南美咖啡太粗犷，那么“科纳”可能会很适合你，科纳就像夏威夷海滩上的女郎，清新自然。

科纳咖啡豆豆形平均整齐，具有强烈的酸味和甜味，口感湿顺、滑润。因为生长在火山之上，同时有高密度的人工培育农艺，每粒豆子可说是娇生惯养的“大家闺秀”，标致、丰腴并有婴孩般娇艳的肤质。

尽管夏威夷经常受到龙卷风的影响，但是气候条件对咖啡种植业来说却是非常适宜的。这里有充足的降雨和阳光，又无霜害之忧。除此而外，还有一种被称为“免费阴凉”的奇特自然现象。在多数日子里，大约下午两点左右，天空便会浮现出朵朵白云，为咖啡树提供了必要的阴凉。事实上正是如此优越的自然条件使得科纳地区的阿拉伯咖啡产量比世界上其他任何种植园的都高，而且一直保持着高质量。

但令咖啡迷们遗憾的是，只有大约1400公顷的地方出产科纳咖啡。而且由于夏威夷的收入水平高，观光客又多，科纳咖啡的售价极其昂贵，甚至连“综合科纳”(Kona Blend，科纳豆的含量不超过5%)都有人卖。近年来，邻近的岛屿如茂宜(Maui)、卡瓦宜(Kauai)、摩洛开(Molokai)也纷纷开始商业化种植咖啡了。

>> 品牌鉴赏

科纳咖啡是世间珍品，不易找到。真正的夏威夷科纳咖啡带有焦糖般的甜味，让人享受独特的快意，引你慢慢进入品尝咖啡的超然状态。

世界上最美的咖啡豆

（也）也门摩卡
Yemeu Rubs the Card
——红海的狂野味道

>> 品牌精神

也门摩卡作为世界上最古老的咖啡之一广为流传，但是直到最近，也门摩卡才逐渐被人们看成是世界上最好和最美味的咖啡之一。渊源久远的摩卡咖啡，几乎是咖啡的代名词，其独特的香气与酸味，深深吸引了不少咖啡爱好者。

>> 品牌故事

摩卡咖啡的名字来自于也门的摩卡港，这个港口现在已经不能再使用，几乎已经被沙子填满，不再是个港口，而变成了一个沙洲。

作为单品咖啡的一种，也门摩卡具有独特的魅力和悠久的历史。

在公元6世纪前，也门一直被称为阿拉伯，因而从也门运至其他地方的咖啡树也被称为阿拉伯咖啡树。

也门是世界上第一个把咖啡作为农作物进行大规模生产的国度。今天的也门摩卡咖啡的种植和处理方法与数百年前的种植和处理方法基本上相同。在大多数也门的咖啡种植农场中，咖啡农依然抵制使用化学肥料等人工化学制品。咖啡农们栽种杨树来给咖啡提供生长所需的阴凉。如同过去一样，这些树种植在陡峭的梯田上，以便能够最大限度的利用较少的降雨和有限的土地资源。更为特立独行的是，也门摩卡豆至今仍然用一种稻草编织成的袋子来装运，而不同于其他地方的化学纤维编织袋。如果你是纯粹的自然主义者，也门摩卡能满足你想喝一杯完全自然的咖啡的愿望。

摩卡咖啡豆比绝大多数咖啡豆更小更圆，呈淡淡的绿色，这使得摩卡咖啡豆看起来更像碗豆。摩卡咖啡豆的外形又与埃塞俄比亚的哈拉尔咖啡豆相似，颗粒小，酸度高，还混合着一种奇异而不可名状的辛辣味道。仔细品尝，还能辨别出一点巧克力味，因此把巧克力加入咖啡的尝试是一种很自然的发展过程。

摩卡咖啡的特点在于它果香浓郁，有明显的酒味、辛辣味和坚果味，有人评价说也门摩卡很像蓝莓的味道，也有人说这是红海特有的“狂野味道”。

也门咖啡在国际市场上的价格一直不低，这主要是因为也门咖啡在流行喝“土耳其”咖啡的国家和地区非常受欢迎。在沙特阿拉伯，也门摩卡备受宠爱，以至于那里的人们宁愿为质量不太高的摩卡咖啡付出昂贵的价格。这种对摩卡的特别喜爱使得摩卡咖啡在世界咖啡市场上的价格一直居高不下。

>> 品牌鉴赏

如果说墨西哥咖啡可以被比作干白葡萄酒，那么也门摩卡就是波尔多葡萄酒。质量上乘，滑腻芳香，具有浓烈的异国风味，略带酒香，辛辣刺激，与众不同，不得不尝。

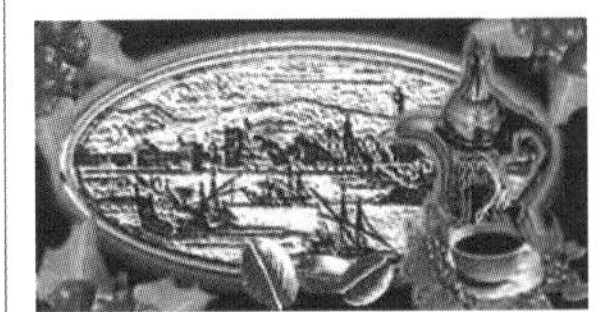

（巴西）波旁山度士 Bourbon Santos
——温和的味蕾考验

>> 品牌精神

说起来，波旁山度士并不像巴西人那样豪放和富有表现力，它温和、酸味活泼，而且具有清爽调和的风味，是世界上最受欢迎的咖啡之一。巴西咖啡中，只有山度士咖啡最受世人重视。

>> 品牌故事

虽然世界各国的人们都喜爱咖啡，但是没有哪一个国家像巴西这样将咖啡与日常生活和工作结合得这样紧密。巴西人几乎是全天不间断地啜饮着咖啡。巴西是一片富饶而美丽的土地，巴西也是世界上最大的咖啡生产国，素有“咖啡国”之称。巴西种植的咖啡既有历史悠久的阿拉比克咖啡，又有年轻健壮的罗伯斯特咖啡。

世界各地人们常喝的意大利浓缩咖啡 (ESPRESSO)，通常是用巴西咖啡冲泡的，有时巴西咖啡的比重会占到 90% 以上。虽然巴西咖啡有很多种类，但是大多数为低酸度、口感柔滑。这样的咖啡最适合与其他单品咖啡混合来制作意大利浓缩咖啡。它能在浓缩咖啡表面形成金黄色泡沫，并使咖啡带有微甜的口味和悠长的余味。

巴西的咖啡是 1729 年从法属圭亚那引进的。诚然，精耕细作和改变处

>> 品牌鉴赏

把山度士当作是一位含蓄很有内涵的朋友吧，它未必会给你浓烈的热情，但似有似无地，在你需要的时候，它会陪伴在你身边。

理方法并提高种植的技术含量能在一定程度上改善咖啡的质量，但是，巴西的自然条件却无论如何不能与出产世界顶级咖啡的一些地区相比，因为巴西虽然土壤条件较好，而且气候湿润，但海拔却不高。

但是，巴西也有一些世界著名的单品，波旁山度士就是其中之一。波旁山度士并没有特别出众的优点，但是也没有明显的缺憾，这种咖啡口味温和而滑润，酸度低，醇度适中，有淡淡的甜味。所有这些柔和的味道混合在一起，要想将它们一一分辨出来，是对味蕾的考验，这也是许多波旁山度士迷们爱好这种咖啡的原因。正因为它如此温和和普通，使得波旁山度士适合普通程度的烘焙，适合用最大众化的方法冲泡，并因此成为制作意大利浓缩咖啡和各种花式咖啡的最好原料。

（埃）哈拉尔 Harral
——旷野的咖啡

>> 品牌精神

哈拉尔，一个反映出埃赛俄比亚盛衰的名字；哈拉尔咖啡被誉为“旷野的咖啡”，更像是一个美丽的传说。

哈拉尔咖啡有优质的阿拉伯风味，但味道却不尽相同，有的味道厚重、低醇度并有浓烈的酒味，有的却香浓、润滑伴有清淡的果香，或带有奇妙的黑巧克力余味。但最重要的是，它有几乎最低的咖啡因含量。

>> 品牌故事

埃塞俄比亚是世界上最早种植咖啡和保持最古老咖啡文化的国家。至今仍然都是小规模家庭种植，并保持着非常传统古老的咖啡种植工艺和方法，因而绝对不会使用农药和其他化学肥料。所以，埃塞俄比亚咖啡和也门摩卡

一样，都是那些崇尚自然人士的最好的选择。

6 世纪时，埃塞俄比亚的人们就开始把咖啡及香料一起咀嚼了，最常见的是去狩猎的人用腊肉把咖啡裹起来当作最好的干粮，这样既可以吃饱又有精神打猎。所以咀嚼咖啡作为埃塞俄比亚一个传统流传了下来。

13 世纪中叶，埃塞俄比亚已经使用平底锅作为咖啡焙制的工具，领导着咖啡文化的发展。

哈拉尔是一座历史悠久的古城，也是伊斯兰四大圣城之一。哈拉尔曾经是历史上埃塞俄比亚的首都。

>> 品牌鉴赏

哈拉尔咖啡是一种很特殊的咖啡，它的味道非常具有侵略性，随时准备战胜你的味蕾，一杯埃塞俄比亚哈拉尔能带给你从未有过的原始体验。

在交通工具还不发达，特别是以马作主要交通工具的时代，优质纯种马便成了人们追求及向往的目标，而此时埃塞俄比亚哈拉尔拥有世界上最好的阿拉伯血统的纯种马，故此他们最初将咖啡级别的划分是“优质的咖啡就像纯种血统的马匹一样重要”。

所以我们看到的哈拉尔咖啡豆的包装袋上至今还印有马匹的照片。这个传统的包装一直保持到现在。哈拉尔咖啡的外观和味道本身就可以看出来是一种高等级。

（印尼）苏门答腊曼特宁
Sumatera Mandheling
——醇厚的绅士

>> 品牌精神

苏门答腊曼特宁是亚洲最著名、需求量最大的咖啡之一。曼特宁豆的外表可以说是丑陋的，但咖啡迷常说苏门答腊咖啡豆越不好看，味道就越好、越醇、越滑。

>> 品牌故事

17 世纪，荷兰人把阿拉比卡（ARABICA）树苗第一次引种到锡兰（即今天的斯里兰卡）和印度尼西亚。1877 年，一次大规模的灾难袭击印尼诸岛，咖啡锈病击垮了几乎全部的咖啡树，人们不得不放弃已经经营了多年的阿拉比卡，而从非洲引入了抗病能力强的 ROBUSTA 咖啡树。

今天的印度尼西亚是个咖啡产量大国。咖啡的产地主要在爪哇、苏门答

腊和苏拉威，强健种类占总产量的 90%。而苏门答腊曼特宁则是稀少的阿拉比卡种类。

种植苏门答腊曼特宁的海拔高度在 750 米 ~1500 米之间。曼特宁咖啡豆颗粒较大，豆质很硬，栽种过程中出现瑕疵的比率偏高，采收后通常要人工挑选，如果控管过程不够严格，容易造成品质良莠不齐，加上烘焙程度不同也直接影响口感，因此成为争议较多的单品。

曼特宁咖啡口味浓重，带有浓郁的醇度和馥郁而活泼的动感，不涩不酸，醇度、苦度表露无遗。在品尝曼特宁的时候，你能在舌间感觉到明显的润滑，它同时又有较低的酸度，但是这种酸度也能明显地尝到，跳跃的微酸混合着最浓郁的香味，让你轻易就能体会到温和馥郁中的活泼因子。卓而不凡的口感迷惑了许多追求者。除此之外，这种咖啡还有一种淡淡的泥土芳香，也有人将它形容为草本植物的芳香。

曼特宁有两个著名的品名，它们是苏门答腊曼特宁 DP 一等和典藏苏门答腊曼特宁。在蓝山还未被发现前，曼特宁曾被视为咖啡的极品。

非常有趣的是，虽然印度尼西亚出产世界上最醇美的咖啡，而印尼人却偏爱土耳其风格的咖啡。

有人说，曼特宁厚重浓烈，是咖啡中的恺撒大帝，它的铁蹄踏碎亘古的荒凉，纵横黄沙的遥远天涯；有人说，曼特宁温柔随和，即便是心肠最硬的男人也会心甘情愿地臣服于它的温柔。不管怎样形容，男人因为有了曼特宁而变得伟大，女人因为有了曼特宁而变得妩媚。

>> 品牌鉴赏

曼特宁的醇厚，喝起来带有一些痛快淋漓，丰富醇厚，不酸不涩，仿佛恣意在汪洋、驰骋于江湖之中，是一种很阳刚的感觉，这种口味不知道让多少男人沉迷其中。

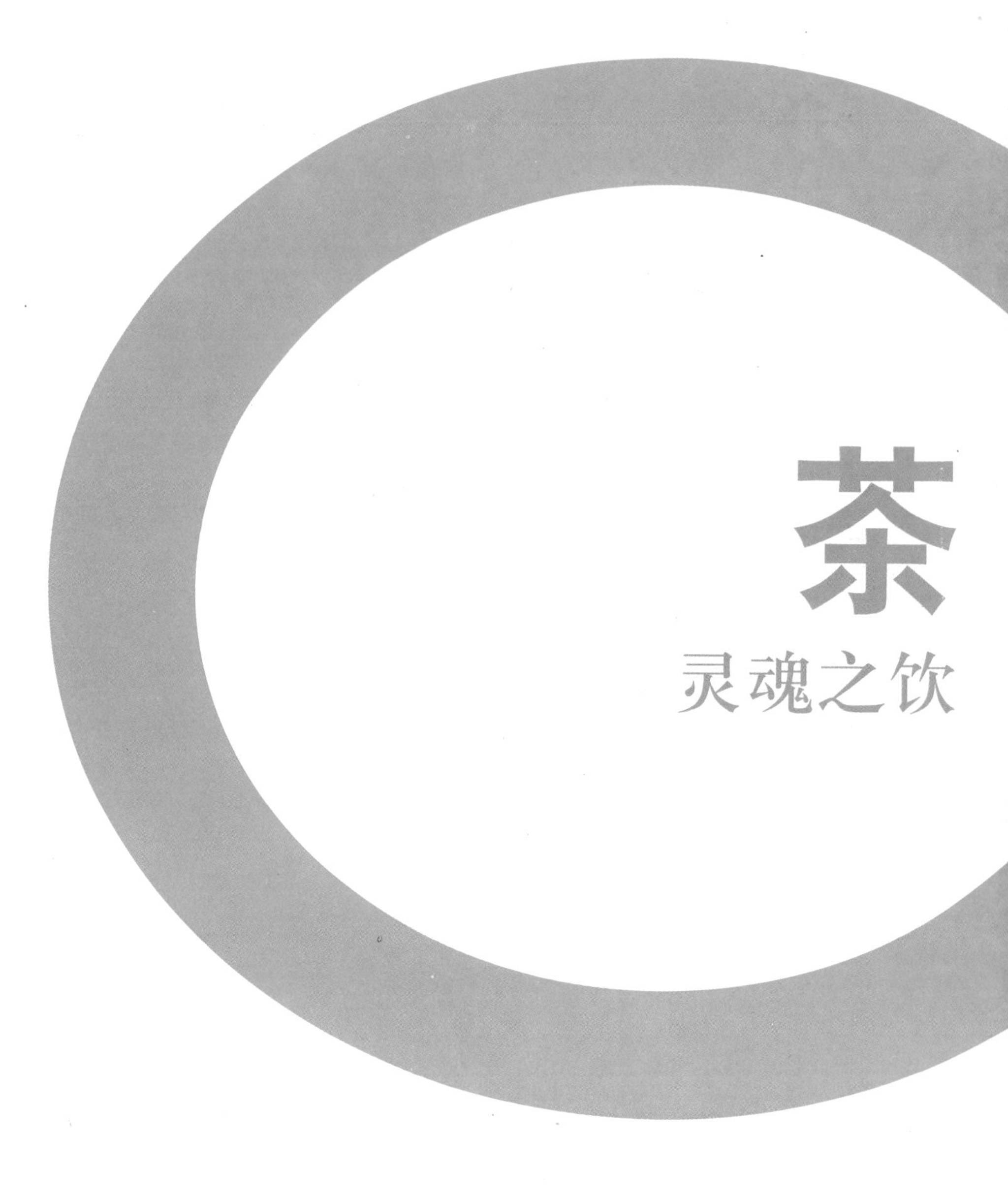

茶

灵魂之饮

茶之物语

——参禅悟道得天趣

没有哪一种饮品能够像茶一样，打破时间和空间的限制，流传上下五千年纵横几万里，以“润物细无声”的姿态渗进我们的生活。我们现在还饮用着祖先神农氏饮用的茶，这确实是一件令人心潮澎湃的事情，令人遐想联翩。

茶圣陆羽风雅地行走在山水之间，到一处山色明媚的好地方，席地而坐，就煮起了茶。这不仅是一种生活方式，还是一种惬意的修道仪式。

宁静淡泊，集雨烹茶，洗去浮世尘埃，品味壶中岁月，许清风入丽，邀明月登楼，陶情冶性，雅逸无边。

自古茶禅一味，茶文化亦是博大精深。茶，为无数文人墨客的文思泉涌增添了兴致；茶，为紧张的现代生活增添了一份情调；茶，给淡泊明智的人以些许安慰。淡定自若地坐下来，品一杯香茗，或倾心交谈，或抚琴长啸，或挥笔洒书，都能寂然凝思，了悟天机。

茶，即人生。

（中）洞庭碧螺春 Biluochun
——经典功夫茶

>> 品牌精神

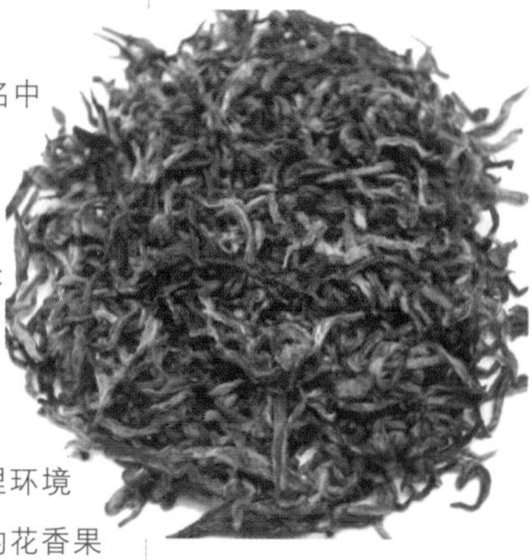

碧螺春茶乃茶中珍品，以“形美、色艳、香高、味醇”而驰名中外。明《茶解》中说：“茶园不宜杂以恶木，唯桂、梅、辛夷、玉兰、玫瑰、苍松、翠竹与之间植，亦足以蔽覆霜雪，掩映秋阳。”茶、花、果、药相间同植，使碧螺春茶香味怡人，且具有健体之效。长于高山云雾之间的人间珍品，几百年来，都为中外人士所喜爱。

>> 品牌故事

碧螺春产于江苏省吴县太湖之滨的洞庭山，由于洞庭山地理环境独特，四季花开不断，茶树与果树间种，所以碧螺春茶具有特殊的花香果味，且芽叶细嫩，色泽碧绿，形纤卷曲，满披茸毛，向来被人们视作茶中精品，在国内外茶叶市场有着极高的声誉。

碧螺春茶已有1000多年历史。民间最早叫“洞庭茶”，又叫“吓煞人香”。相传有一尼姑上山游春，顺手摘了几片茶叶，泡茶后奇香扑鼻，脱口而道“香得吓煞人”，由此当地人便将此茶叫做“吓煞人香”。后来康熙皇帝南巡，游览太湖，江苏巡扶宋荦用“吓煞人香”进贡，康熙品尝后大加赞赏，然认

>> 品牌鉴赏

条索均匀，造型优美，卷曲似螺，茸毛遍体，冲泡后茶味徐徐舒展，上下翻飞，茶水银澄碧绿，色如凝脂，清香袭人，口味凉甜，鲜爽生津，回味甘冽。

为茶名欠雅，便以此茶产于洞庭东山碧螺峰而易名为“碧螺春”。

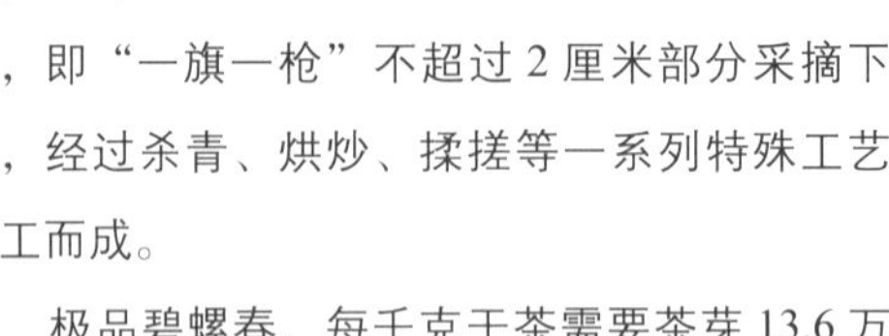

碧螺春茶采摘十分细致，生产季节性很强，制作要求很高。春分开始将茶树的细嫩芽尖，即“一旗一枪”不超过2厘米部分采摘下来，经过杀青、烘炒、揉搓等一系列特殊工艺加工而成。

极品碧螺春，每千克干茶需要茶芽13.6万~15万个。由于它外形条索紧结，白毫显露，色泽银绿，翠碧诱人，卷曲成螺，故名“碧螺春”。其汤色清澈明亮，浓郁甘醇，鲜爽生津，回味绵长。其工艺特色是嫩摘、精剔、细制，色香味形俱佳，故有“一嫩三鲜”之称，即芽叶嫩，色、香、味鲜。

碧螺春茶的芽片上有一层绒毛，炒制后茶叶中会有许多白毛，越嫩的茶叶绒毛越多，这是判断茶叶采摘时间早晚的重要标志。不知情的人会以为是茶叶发霉长了毛，为了防止炒茶过程中这些绒毛随风飞掉，一般都是在屋里炒制。在市场上茶叶越细、表面越白的茶叶价格越高，因此判断碧螺春茶的质量相对容易一些。价格最高的是春分(3月20日)前后的茶叶，其次是清明(4月4日)前的茶叶，再其次是谷雨(4月20日)前的茶叶。采摘越晚的茶叶，绒毛越少，甚至几乎没有。碧螺春茶的质量主要受节气和产地的影响，但因每年气温的不同也不能完全以节气来判断。

近代医学发现，茶叶具有抗癌功能。茶叶中的主要成分茶素(咖啡碱)和咖啡因具有提神益智的作用，能兴奋心脏，扩张冠状动脉，因此对心血管病有积极防治作用。这种茶素，在新鲜的嫩茶中最为丰富。碧螺春茶全部用嫩芽制成，故人们又称碧螺春为“功夫茶”、“新血茶”。

(中)蒙顶甘露 Mengding Ganlu
——杯中香云海

>> 品牌精神

蒙顶茶在我国茶叶历史上占有重要地位。“扬子江心水，蒙山顶上茶”，至今仍被人们称为双绝。众多大小茶馆，写成对联，以便招揽茶客。蒙山，四川雅安附近，唐代黎阳王曾写下一首《蒙山白云岩茶》诗，其中写道：“若教陆羽持公论，应是人间第一茶。”蒙顶茶是最早向朝廷进贡的贡茶。从唐朝到清朝，蒙顶茶年年岁岁，走马进京。据《名山县志》记载：“蒙顶茶味甘而清，色黄而碧，酌杯中香云幂复，久凝不散。”

>> 品牌鉴赏

蒙顶甘露紧卷多毫，嫩绿润泽，汤碧而黄，清澈明亮，香气浓郁，芬芳鲜嫩，滋味鲜爽，醇厚回甜，叶底嫩绿，秀丽匀整。

>> 品牌故事

蒙顶茶主要生长在名山县蒙山之顶，故名“蒙顶茶”。蒙山位于四川盆地的西部，横亘于称“雨城”的雅安、名山两县之间，海拔1450米，山顶有上清、菱角、毗罗、井泉、甘露五峰，终年烟雨蒙蒙。“蒙顶茶”起源于西汉年间，史有“仙茶”之誉。

蒙山种茶历史悠久。据有关史料记载，早在西汉时一位名叫吴理真的农民“携灵茗之种，植于五峰之中，高不盈尺，不生不灭，迥异寻常”，“其叶细长，网脉对分，味甘而清，色黄而碧”，故名“仙茶”。唐代元和年间，蒙顶五峰被辟为“皇茶园”，列为贡茶，奉献给皇室享用。每年“清明”前，名山县令择吉日沐浴礼拜，身穿朝服，率领僚属，请山上寺院主持和尚焚香拜采茶叶365片，炒制时还需众僧人围绕诵经。制成茶后，盛入两只银瓶内，入贡京城，供皇帝祀祖之用。另外，又在蒙山菱角峰下采摘被称为“凡种”的茶叶精制成茶，贮于18只锡瓶，陪贡入京，称之为“陪茶”、“凡茶”，供帝王宫内饮用。这种贡茶礼仪，自唐代中期开始，至清末停供，一千多年来代代如此。

蒙顶茶品种较多，按大类分有散茶和成形茶。散茶中有雷鸣、雀舌、白毫等；成形茶中有龙团、凤饼等。现在，蒙顶茶名茶种类有甘露、黄芽、石茶、玉叶长春、万春银针等。其中“甘露”在蒙顶茶中品质最佳。它形状纤细，叶整芽全，身披银毫，色绿微黄。冲泡后汤色绿黄，透明清亮，饮之清香爽口，沏二遍水时，越发鲜醇，齿颊留香。

蒙顶茶香气清高持久，滋味醇厚鲜爽，条形细紧显毫，色泽碧绿光润；茶汤清亮、深泛绿、浅含黄，茶叶条条伸展开来，一芽一叶清晰可见，具有高山茶的独特风格。茶以紧卷多毫、色泽翠绿、鲜嫩油润、香气清雅、味醇甘饴而扬名中外。

蒙顶茶之所以名贵，除了独特的自然条件外，便是采摘和加工精细，蒙顶甘露一般在“清明”前后5天采摘，要求采一芽一叶初展的嫩尖。制茶时，需经过杀青、初揉、炒二青、二揉、炒三青、三揉、炒形、烘干等工序精制而成。

（中）顾诸紫笋 Guzhu Zisun
——天下第二茶

>> 品牌精神

顾诸，表明茶的产地是浙江省湖州市长兴县水口乡的顾诸山一带。紫笋因其色近于“紫”形似“笋”而得名，是历史悠久的司品贡茶，许多文人都曾吟诗作赋，称赞紫笋茶。唐代张文测道：“凤辇寻春半醉围，傈娥进水御帘开，牡丹花笑金钿动，传奏吴兴紫笋来。”

>> 品牌故事

顾诸山座落于长兴西北，东滨太湖，三面山峦连绵，云雾弥漫，气候温和，土质肥沃，雨量充沛，山下清泉长流，这种得天独厚的生态环境为生产紫笋茶创造了最理想的条件。

顾诸紫笋茶是中国名茶中产制历史最悠久的品种，陆羽《茶经》评其为天下第二茶。陆羽曾于顾诸设茶园，并有《顾诸山记》以记其事。唐德宗贞元年间，在顾诸山下设有规模宏大的贡茶院，采茶之际，湖州刺史均奉诏亲赴顾诸修茶，盛况空前。从事采制的夫役在旺产期达 3 万人；固定的制茶工人也有千余人；贡茶院内用于置“茶碓”的房屋达 30 间；还有烘焙的工场百余所。自此以后，历代都把顾诸紫笋茶作为“贡品”，一直延续到明代洪武八年“革罢”，前后进贡 600 年之久，这在中国名茶中可以说是首屈一指的。可惜历经千年的贡茶院，几经战乱，顾诸紫笋茶曾一度销声匿迹。今日之顾诸紫笋，于 1979 年试制成功。但无论是茶树品种还是制作方法，都已不是陆羽时代的紫笋了。

紫笋的采制，于清明前至谷雨期间，采摘一芽一叶或一芽二叶初展。紫笋鲜叶极为幼嫩，每制1000克干茶，需鲜芽叶7.2万个左右。顾诸紫笋茶初采者嫩芽形似雀舌，经过捻、捏、焙、穿、封等一系列精工细制而成。顾诸紫笋制作方法历经饼茶、龙团而为散茶，蒸青转为炒青。

成品的极品紫笋，茶叶相抱似笋，叶稍长于芽而形似兰花，色泽翠绿，银毫明显。香孕兰蕙之清，甘醇鲜爽，茶汤清澈明亮，叶底细嫩成朵，有“青翠芳馨，嗅之醉人，啜之赏心”之誉。

>> 品牌鉴赏

芽叶细嫩，色泽翠绿披毫，香孕兰蕙之幽。冲泡后，茶汤色泽如茵，味甘醇鲜美，有兰花之香。

（中）大红袍 Da Hongpao
——圣品茶王

>> 品牌精神

武夷山被誉为乌龙茶故乡，而九龙窠的绝品茶——大红袍，则是顶着光环的圣物，是充满传奇色彩的奇茗。大红袍原栽于九龙窠及北斗峰、竹窠等处。现今人们却以九龙窠悬崖之上的那6株为正宗，据载它们的树龄已逾340多年。人们谓之是“立志守节，不从二山，君子人也”。

>> 品牌故事

大红袍是福建省武夷岩茶（乌龙茶）中的名丛珍品，是武夷岩茶中品质最优异者，产于福建崇安东南部的武夷山。大红袍类属乌龙茶，武夷山岩茶明种，正种茶树只有3棵，长于武夷山崖壑，年产仅3斤左右，价值连城，一般人不容易品到。该处环境幽深，空气湿润，使茶叶的生长得天独厚。

“茶王”大红袍在旧中国只有皇帝才可享用，以至派生出许多脍炙人口的传说和故事。其中传得最广的要算《大红袍茶名的由来》。其故事梗概是：古时有一秀才晋京赶考，路过武夷山，因饱受风寒，腹胀如鼓，生命垂危。天心寺僧见状，立即将他抬回寺中，施以九龙窠壁所产的茶叶。茶喝下去，果见奇效，秀才不但很快恢复健康，而且还感到脑子特别清醒、灵敏。大比之期，高中状元。不久，他回天心寺还愿谢恩时，又带回一些那次所喝的茶叶回京。当时京城惶惶不安，原来是皇后腹胀如鼓，疼痛不止，太医束手无策。状元斗胆，向皇上陈言武夷茶之神功，皇后饮用后，肚痛即止，积食日消。龙颜大悦，命状元前往嘉赏。状元至九龙窠以自己的红袍盖茶，顶礼膜

>> 品牌鉴赏

品饮后，超然欲仙，“此乃圣品，不可贪之”。

拜。揭袍后，见茶树焕发红光，大红袍由此得名。此传说不胫而走，大红袍身价日高，古今文人墨客吟诗作赋以赞之。有的更传得神乎其神，说“七片大红袍能化掉一碗米饭”、“能治百病”，等等。还传当时由于艰于上崖，寺僧则训猴采之；又传大红袍茶能自顾安身，有窃之者，即行腹痛，非弃之不能愈，等等。

其实，大红袍是“以嫩叶呈紫红色而得名”，乃是一特殊名丛。其树干较粗，分枝颇盛，叶深绿色，叶缘向上伸展，光滑发亮；香高味醇，岩韵极为明显。主要原因是品种先天优良，生长环境独特，制作工艺精湛。

20 世纪 80 年代初，大红袍终于繁育成功。“茶王”免除了断后之忧，引起茶界瞩目、赞赏。

如今所说的“茶王”指的是生于九龙窠岩壁的 6 株母树所产、年产量不上一斤的成品茶。其在 1997 年香港拍卖会上 20 克竟卖价 3 万港元，1998 年 8 月 18 日第五届岩茶节上拍卖时竟以 15.68 万元落槌。如此天价，令人瞠目结舌。至于所繁育的后代，其价则差之甚远。因此其母树所产之茶当为无价绝品。

（中）安溪铁观音 Tie Guanyin
——乌龙极品

>> 品牌精神

铁观音，茶人又称红心铁观音、红样观音，于清雍正年间在安溪西坪尧阳发现并开始推广。此茶天性娇弱，抗逆性较差，产量较低，有“好喝不好栽”之说。“红芽歪尾桃”是纯种铁观音的特征之一，是制作乌龙茶的特优品种。铁观音香味馥郁持久，口味醇厚清爽，具有独特的风韵，饮后齿颊留香，评茶上称为“观音韵”，简言“音韵”，其茶叶质厚坚实，有“沉重似铁”之喻。铁观音由于香郁味厚，故耐冲泡，因此有“青蒂、绿腹、红娘边、三节色、冲泡七道有余香”之称。

>> 品牌故事

铁观音产于福建省安溪县。安溪境内多山，自然环境适合茶树生长，优良茶树品种较多，而以铁观音种作原料制造出来的乌龙茶独具特色，是中国乌龙茶的极品，又称安溪铁观音。此茶一经品尝，辄难释手，素富盛誉。

铁观音原是茶树品种名，由于它适制乌龙茶，其乌龙茶成品遂亦名为铁观音。所谓铁观音茶即以铁观音品种茶树制成的乌龙茶。

安溪铁观音制茶品质以春茶为最好，秋茶次之，其香气特高，俗称秋香，但汤味较薄。夏、暑茶品质较次。鲜叶采摘标准必须在嫩梢形成驻芽后，顶叶刚开展呈小开面或中开面时，采下二三叶。采时要做到“五不”，即不折断叶片，不折叠叶张，不碰碎叶尖，不带单片，不带鱼叶和老梗。生长地带不同的茶树鲜叶要分开，特别是早青、午青、晚青要严格分开制造，其中以午青品质为最优。

安溪铁观音制作严谨，技艺精巧，要经过凉、晒青、晾青、做青（摇青

摊置)、炒青、揉捻、初焙、复焙、复包揉、文火慢烤、拣簸等工序才能最终制成成品。

>> 品牌鉴赏

精品铁观音茶汤香味鲜溢，启盖端杯轻闻，其独特香气即芬芳扑鼻，且馥郁持久，令人心醉神怡。细啜一口，舌根轻转，可感茶汤醇厚甘鲜；缓慢下咽，回甘带蜜，韵味无穷。

优质铁观音茶条卷曲、壮结、沉重，呈青蒂绿腹蜻蜓头状。色泽鲜润，砂绿显，红点明，叶表带白霜，这是优质铁观音的重要特征。铁观音汤色金黄，浓艳清澈，叶底肥厚明亮，具绸面光泽。泡饮茶汤醇厚甘鲜，入口回甘带蜜味，香气馥郁持久。近来国内外的试验研究表明，安溪铁观音所含的香气成分种类最为丰富，而且中、低沸点香气组分所占比重明显大于用其他品种茶树鲜叶制成的乌龙茶因而安溪铁观音独特的香气令人心怡神醉。一杯铁观音，杯盖开启立即芬芳扑鼻，满室生香，正是“未尝甘露味，先闻圣妙香”。

生产出优质的铁观音茶必须具备：纯种铁观音品种茶树；茶树生长在良好的土壤、气候环境中，并得到精心培育；精湛的采制技术。三者缺一不可。

在日本，铁观音几乎已成为乌龙茶的代名词。近年来，发现乌龙茶有健身美容的功效后，铁观音更风靡日本和东南亚。品饮铁观音可从“观形、听声、察色、闻香、品韵”入手，辨别茶叶优劣。

(中)君山银针 Junshan Yinzhen
——三起三落

>> 品牌精神

君山银针风格独特，岁产不多，质量超群，为名茶之佼佼者。其芽头肥壮，紧实挺直，芽身金黄，满披银毫，汤色橙黄明净，香气清纯，滋味甜爽，叶底嫩黄匀亮。用洁净透明的玻璃杯冲泡君山银针时，可以看到初始芽尖朝上、蒂头下垂而悬浮于水面，随后缓缓降落，竖立于杯底，忽升忽降，蔚成趣观，最多可达三次，故君山银针有“三起三落”之称。最后竖沉于杯底，如刀枪林立，似群笋破土，芽光水色，浑然一体，堆绿叠翠，妙趣横生，历来传为美谈。

>> 品牌故事

君山银针产于湖南岳阳洞庭湖的君山，有“洞庭帝子春长恨，二千年来草更长”的描写，是具有千余年历史的传统名茶。其成品茶芽头茁壮，长短大小均匀，茶芽内面呈金黄色，外层白毫显露完整，而且包裹坚实，茶芽外形很像一根根银针，故得其名。

君山又名洞庭山，本身就是神山仙境的意思，历史上流传着许多神奇的传说。湘妃竹“斑竹一枝千滴泪”，成了后世爱情忠贞的象征。因为她们是君妃，故把这里定名为君山。脍炙人口的柳毅传书的故事，也发生在君山。这里有柳毅井，井水烹茶酿酒，清香芬芳。还有龙涎井、飞来钟和用秦始皇的御玺盖的“封山”印。

>> 品牌鉴赏

冲泡后，三起三落，雀舌含珠，刀丛林立，有很高的欣赏价值。

君山产茶始于唐代，清朝纳贡茶。君山银针采摘开始于清明前三天左右，还规定了九种情况下不能采摘，即雨天、风霜天、虫伤、细瘦、弯曲、空心、茶芽开口、茶芽发紫、不合尺寸等。满足条件的直接从茶树上拣采芽头和茸毛，盛于衬有白布的茶篮内。

君山银针制造特别精细而又别具一格，分杀青、摊晾、初烘、初包、复烘、摊晾、复包、足火八道工序。历时三昼夜，长达 70 多个小时之久。根据芽头肥壮程度，君山银针产品分特号、一号、二号三个档次。

君山银针属芽茶，因茶树品种优良，树壮枝稀，芽头肥壮重实，每斤银针茶约 3 万个芽头。且不说品尝其香味以饱口福，只消亲眼观赏一番，也足以引人入胜，神清气爽。根据“轻者浮，重者沉”的科学道理，“三起三落”是由于茶芽吸水膨胀和重量增加不同步，芽头比重瞬间变化而引起的。可以设想，最外一层芽肉吸水，比重增大即下降，随后芽头体积膨大，比重变小则上升，继续吸水又下降……

如果亲身考察一下君山银针冲泡的情景，能起落的芽头为数并不太多，且一个芽头落而复起三次更属罕见。这种现象在其他芽头肥壮的芽茶中也偶尔可见，但都不及君山银针频繁。可见君山银针的芽头肥壮程度是出类拔萃的，这也是它品质上的一大特点。

君山银针在 1956 年国际莱比锡博览会上，因质量优良，被誉为“金镶玉”，并赢得金质奖章。

（中）白毫银针 Baihao Yinzhen
——兰蕙清醇

>> 品牌精神

白毫银针素有“茶中美女”之称，属白茶，产于福建东部的福鼎和北部的政和等地。其成品茶由芽梢制成，满披白毫，色白如银，细长如针，因而得名。冲泡时，“满盏浮茶乳”，银针挺立，上下交错，犹如钟乳石林立，非常美观；汤色黄亮清澈，滋味清香甜爽。白毫银针极为珍贵，味温性凉，具有健胃提神、祛湿退热、明目降火、解邪毒的作用。

>> 品牌故事

白毫银针盛产于我国福建省东北部的政和县，关于它的来历在民间有一个美丽的传说。很早以前，有一年，政和一带久旱不雨，瘟疫四起，很多人都染病而无法医治，这时传说在洞宫山上的一口龙井旁有几株仙草，草汁能医治百病。于是很多勇敢的小伙子纷纷去寻找仙草，但都有去无回。有一户人家有兄妹三人——志刚、志诚和志玉，三人商定轮流去找仙草。志玉最终经过千辛万苦找到仙草，并用井水浇灌仙草，仙草开花结籽。回乡后，志玉将种子种满山坡，乡亲们用它的芽叶治好了瘟疫。此后，当地人民喜爱它而辈辈种植，并给其取名白毫银针。

政和县于1889年开始产制银针。现今的白毫银针的茶芽均采自福鼎大白茶或政和大白茶良种茶树。

白毫银针的采摘十分细致，要求极其严格，规定雨天不采，露水未干不采，细瘦芽不采，紫色芽头不采，风伤芽不采，人为损伤芽不采，虫伤芽不采，开心芽不采，空心芽不采，病态芽不采，号称“十不采”。只采肥壮的单芽头，如果采回一芽一二叶的新梢，则只摘取芽心，俗称之为抽针（即将一芽一二叶上的芽掐下，抽出作银针的原料，剩下的茎叶作其花色的白茶或其他茶）。采下的茶芽，要求及时送回厂加工。白毫银针的制法特殊，工艺简单。制作过程中，不炒不揉，只分萎凋和烘焙两道工序，使茶芽自然缓慢地变化，形成白茶特殊的品质风格。采回的茶芽，薄薄地摊在竹制有孔的筛上，置微弱的阳光下萎凋、摊晒至七八成干，再移到烈

日下晒至足干。也有的在微弱阳光下萎凋二小时，再进行室内萎凋至八九成干，再用文火烘焙至足干。在萎凋、晾干过程中，要根据茶芽的失水程度进行调节，工序虽简单，要正确掌握亦很难，特别是要制出好茶，比其他茶类更为困难。

白毫银针成品茶，长3厘米许，整个茶芽为白毫覆被，银装素裹，熠熠闪光，令人赏心悦目。冲泡后，香气清鲜，滋味醇和，杯中的景观也情趣横生。茶在杯中冲泡，即出现白云疑光闪，满盏浮花乳，芽芽挺立，蔚为奇观。

近几年来，白毫银针年产只在几百千克至1000千克之间，为不可多得的珍品。欧洲有人在泡饮红茶时，于杯中添加若干白毫银针，以示名贵。

>> 品牌鉴赏

芽茸毛厚，色白富光泽，汤色浅杏黄，口感轻柔，茶色较清爽，香气与滋味显得丰硕饱满有个性。

（中）祁门红茶
Qimen Black Tea
——香高色艳

>> 品牌精神

红遍全球的红茶中，祁门红茶独树一帜，百年不衰，以高香形秀著称，博得国际市场的称赞，被奉为茶中佼佼者，与印度大吉岭红茶、斯里兰卡乌伐的季节茶，并列为世界公认的三大高香茶，而祈门红茶的地域性香气被称为“祁门香”，享有“王子茶”、“茶中英豪”、“群芳最”的美誉。

>> 品牌故事

祁门红茶一称“祁红”，产于安徽省祁门县，属功夫红茶，主要以优良品种储叶种的芽叶制成，所制红茶香气特高，汤红而味厚。其外形细紧纤长，完整匀齐，有峰毫，色泽乌润匀一，净度良好，精制精造，是“功夫茶”称谓的来源。

祁门茶叶，唐代就已出名。据史料记载，这里在清代光绪以前，并不生产红茶，而是盛产绿茶，制法与六安茶相仿，故曾有“安绿”之称。光绪元年，黟县人余干臣从福建罢官回籍经商，创设茶庄，并仿“闽红”试制红茶。

祁门遂改制红茶，并成为后起之秀，至今已有100多年历史。祁门当地土质肥，山花多，茶质好，所精制红茶，有苹果、兰花之香味，而被誉为“祁门香”。该茶条索紧结秀长，色泽乌润，冲泡后汤色红艳明亮，滋味醇厚隽永，经久耐泡，香气清香持久，特别是其香气酷似果香，又蕴藏兰花香，清鲜而且持久，单独泡饮好喝，加入牛奶和糖调饮，也很可口，香味不减。1915年在巴拿马万国博览会上展出，荣获金质奖章和奖状，在国际市场上享有极高信誉。祁门茶区的江西“浮梁工夫红茶”是“祁红”中的佼佼者，一向以“香高、味醇、形美、色艳”四绝驰名于世。

>> 品牌鉴赏

清饮最能品味祁红的隽永的香料般浓郁芬芳，即使添加鲜奶亦不失其香醇。春天饮红茶以祁红最宜，下午茶、睡前茶也很合适。

祁门红茶创制一百多年来，一直保持着优异的品质风格，驰誉中外。其生产条件极为优越，真是天时、地利、人勤、种良，得天独厚，所以祁门一带大都以茶为业，上下千年，始终不败。

祁门红茶品质优异，制造工艺十分精湛。刚采下的芽是鲜嫩的绿叶，叶面张开；经过萎凋，色变暗绿，叶变柔软；再经揉捻，暗绿色变成浅绿色，叶成条状；经过发酵，颜色变成新紫铜色，叶紧卷成条；最后烘干，茶叶变成乌黑油润的色泽，体积也变小。这是绿茶鲜叶变为红茶干毛茶的经过。在初制中，这些色泽外观的变化，是由茶液中的多酚类化合物氧化成茶黄素和茶红素等物质所致。初制的干毛茶，还要经过毛筛、抖筛、分筛、紧门、撩筛、切断、风选、捡剔、补火、清风、拼和、装箱工序，才成为外形整齐美观、内质纯净统一的成品。

（印度）大吉岭红茶 Darjeeling Black Tea ——红茶中的香槟

>> 品牌精神

大吉岭红茶拥有高昂的身价，最主要特色就是含有麝香葡萄风味。大吉岭茶一年收成约三次，3、4月的一号茶多为青绿色，5到6月的二号茶品质最优。其汤色橙黄，气味芬芳高雅，上品尤其带有葡萄香，口感细致柔和。

大吉岭红茶最适合清饮，但因为茶叶较大，需焖约5分钟，使茶叶尽舒，才能得其味。

>> 品牌故事

大吉岭红茶产于印度孟加拉省的大吉岭一带。大吉岭是印度喜马拉雅山麓中，为众多茶园簇拥环绕的一个城镇，标高约海拔3000米到7000米，当地年均温度15℃左右，白天日照充足，但昼夜温差大，常年弥漫云雾。特殊的地理环境以及高山云雾缭绕下，孕育了素有“茶中香槟”、“茶中蓝山”之称的大吉岭红茶，其价格足以和屡飙新高的顶级蓝山、顶级香槟相比拟。

标准的大吉岭茶园多半分布在倾斜的半山坡上，能够充分接受阳光和雨水的滋润与照拂。海拔越高的茶园，等级与价格也相对往上攀升。

大吉岭红茶分正统茶 (Orthodox) 和普及茶 (Crush Tear Cool)，其中正统茶外销到世界各地，而普及茶则以内销为主。

在风味上，有人说，越是顶级的大吉岭，滋味越是难以用言语形容。大吉岭茶性极是清新优雅，拥有一种特殊而迷人的雍容高贵之气；且随着春摘、秋摘、夏摘以及海拔与各茶园各年份的差异，个别散发出极精致细腻且不同层次的花香、果香、草香……其中卡斯顿茶园的大吉岭红茶最为名贵，它在味觉口感结构上，于清新清雅之间，更多了些许扎实浑厚的质地肌理，变化多端，耐人寻味。

>> 品牌鉴赏

午后时分，饮一杯纯纯粹粹、不加糖不加奶，用心冲泡出来的上好大吉岭，是最愉悦的享受之一。

然而，也和蓝山咖啡处境一般，由于世人对于大吉岭茶的一年年趋之若鹜，全球市场上所销售的大吉岭，总数加起来竟远远超过了原产区的实际产量。真伪难辨的结果，使得印度政府不得不在前几年制订了相关的审核规定，只有通过政府审核登记在案的茶园，才能够使用大吉岭茶之名。

印度人喝茶，多半采取烹煮方式，就是将茶叶放进水和牛奶里面煮沸，然后加入姜、豆蔻等香料，饮用时放置大量砂糖，这就是著名的印度奶茶。在大吉岭喝茶，本地人的茶具几乎都是黄铜器皿，因为铜器具有保温功能。后来受到英国风气影响，有些家庭或旅馆、餐厅都改用瓷器或银器喝茶。

（印度）阿萨姆红茶
Assam Black Tea
——热烈奔放

>> 品牌精神

阿萨姆茶浓香怡人，是拼配爱尔兰或英式早餐茶标准原材料的基础茶。印度的茶农以进取和思想领先著称，生产着这些世界上最好的茶叶。如果茶的风味分成疾风骤雨和细水微澜，这款烈茶无疑属于前者。

>> 品牌故事

茶叶年产量超过 80 万吨的印度是目前世界上最大的茶叶生产国家。而印度茶叶的一半产自阿萨姆。阿萨姆是印度的原产茶，生长在印度的东北部喜马拉雅山麓的阿萨姆溪谷一带，这里也是世界上最大的产茶地区。

由于当地日照强烈，需另外种树为茶树适度遮蔽。由于雨量丰富，因此促进热带性的阿萨姆大叶种茶树蓬勃发育。以 6 ~ 7 月采摘的品质最优，但 10 ~ 11 月产的秋茶较香。

阿萨姆红茶茶叶外形细扁，色呈深褐，带有淡淡的麦芽香、玫瑰香，滋味浓，属烈茶，是冬季饮茶的最佳选择。由于涩味较重，适合冲泡成奶茶，常作为清晨茶，但它含酚性物（茶单宁）较多，易出现“冷后浑”，不适宜冲泡为冰红茶。阿萨姆红茶由于味道强烈，常取做混合茶。又因汤色深且易冲泡出浓味，如今多采用 CTC(碾碎撕裂卷起)的制茶法以供制作茶袋之用。

>> 品牌鉴赏

手边一杯阿萨姆红茶，深铜红色的汤色透着麦草香。看着揉捻后的茶叶在水中舞动，滑过喉咙的是薄荷的清凉，是肉桂的浓郁。

（斯里兰卡）锡兰高地红茶 Ceylon Highland Black Tea
——醇厚甘甜

>> 品牌鉴赏

乌沃茶非常适合清饮，味道虽较涩，但回味甘甜，也常加鲜奶或柠檬再品味。

>> 品牌精神

锡兰高地红茶是世界四大红茶之一。在红茶中的品级属于上乘，其色、香、味优良且品质均一。

>> 品牌故事

锡兰高地红茶通常制碎形茶，呈赤褐色，其中以乌沃茶最著名，特征是浓烈，口醇。乌沃位于斯里兰卡中部山脉的东侧，常年云雾弥漫，由于冬季吹送的东北季风带来雨量(11 月至次年 2 月)，不利茶园生产，所以 7 ~ 9 月所获的品质最优。这一期间干燥的风吹过乌沃地区，使乌沃茶具有了美味和清香。乌沃茶汤色橙红明亮，上品的汤面环有金黄色的光圈，犹如加冕一般；其风味具刺激性，透出如薄荷、铃兰般的芳香，滋味醇厚，虽较苦涩，但回味甘甜。

产于山岳地带的汀布拉茶和努沃勒埃利耶茶，则因为受到夏季 (5 ~ 8 月) 西南季风送雨的影响，以 1 ~ 3 月收获的为最佳。汀布拉茶的汤色鲜红，滋味爽口柔和，带花香，涩味较少。努沃勒埃利耶茶无论色、香、味都较淡，汤色橙黄，香味清芬，口感稍近绿茶。

适合泡成奶茶的红茶，必须是泡出来的茶汤色泽浓郁而口味略具刺激性者，如此添加牛奶后，才能调和出柔美的色泽，红茶的香味也不致为牛奶所掩盖，滋味融合得恰到好处。所以几乎所有的斯里兰卡红茶均适于加入一些牛奶后再饮用。而锡兰茶一般较适合清饮，只有其中的乌沃茶，因香味和汤色较浓厚，适合用来调制成奶茶。

（中）金瓜贡茶 Jingua Gongcha
——普洱太上皇

>> 品牌精神

金瓜贡茶是现存的陈年普洱茶中的绝品，在港台茶界，被称之为“普洱茶太上皇”。目前，金瓜贡茶的真品仅有两沱，分别保存于杭州中国农业科学院茶叶研究所与北京故宫博物院，可谓是相当珍稀奢华之贵品。

>> 品牌故事

生产普洱金瓜贡茶的工艺，始于清雍正七年，即1729年。当时，云南总督鄂尔泰在普洱府宁洱县（今宁洱镇）建立了贡茶茶厂，选取西双版纳最好的女儿茶，以制成团茶、散茶和茶膏，敬贡朝廷。清人赵学敏《本草纲目拾遗》云："普洱茶成团，有大中小三种。大者一团五斤，如人头式，称人头茶，每年入贡，民间不易得也。"

制人头贡茶的茶叶，据传均由未婚少女采摘，且都是一级的芽茶。这种芽茶，经长期存放，会转变成金黄色，所以人头贡茶亦称"金瓜贡茶"或"金瓜人头贡茶"。

1963年北京故宫处理清宫贡茶，其中就有一部分是普洱茶，其实物据目击者道，（普洱团茶）大者如西瓜（略扁），小的如网球、乒乓球状，茶色褐黑，不霉不坏，保存完好。茶团表面有拧紧布纹的印痕，可见当时制茶是用布包着揉紧、干燥成形的。大的普洱团茶用磅秤称，重量为5.5市斤，当是清代5斤重的团茶……20世纪60年代初，茶叶减产，内销市场供应不足，这批故宫普洱团茶，打碎筛细，拼入散茶卖掉了。

普洱茶的冲泡是一件非常讲究的事，这不只是因为好的冲泡方法可以让人品味到普洱茶的美味香醇，而且可以让你享受愉快的过程，所以普洱茶的冲泡，不只是由水决定，很重要的一点是冲泡的时间。普洱茶叶浸泡时间的长短，直接关系着茶汤中可溶物的量与质，也会直接影响茶汤的品质。浸泡时间与茶叶用量、水温、茶叶粗嫩与松紧有关。经由紧压的普洱茶最好先在1～2周之前将其全部拨开透气、回性；1～2周后待旧味退去，使新的空气进入发酵后再置入陶罐或紫砂罐内，普洱茶之原味将会慢慢呈现，泡茶时茶叶只要放置冲泡茶壶的1/5茶量即可（散茶需要多放一点，约1/4或1/3的量）。

普洱茶叶放得多，浸泡时间就要缩短。紧压茶如砖、饼、沱茶的冲泡时间可短些，不可与普洱散茶一样，否则茶汤的浓度太高而不堪入口。不过，归根结底还是要依个人喜好之茶汤浓淡、普洱茶品之生熟、陈期之长短、茶性之强弱，去调整茶叶用量及浸泡时间以求适口。

>> 品牌鉴赏

曾有专家取了一些金瓜贡茶试泡，评语是："汤有色，但茶叶陈化、淡薄。"这也正好印证了邓时海先生之说："大多数的普洱茶品茗高手，都公认无味之味，是普洱茶的最极品。"

美食
挡不住的诱惑

顶级餐厅物语

——美食的朝圣之旅

金碧辉煌的大堂，宽大的餐桌，柔软的座椅，精美的食具，服装考究的食客，随时恭候的侍者，以及流水般缥缈空灵的钢琴声，正是这一处处豪华的美食宫殿，将精制的飨宴推向了艺术之巅。

追求珍馐美味，只一刻的怦然心动，即可感受万千情怀，眼前的一切仿佛是天上人间才有的品味，美食如烟花绽放，如春蕾盛开，香气盈盈，点滴如钻名贵，如风轻盈而过。

这是一次美妙的饮食体验，这是一段温暖的雕刻时光。抛开陈杂，只轻轻咀嚼，用温润的味蕾感受百种融合的香气，哪怕远涉山水，哪管百转千回。优雅的用餐环境、浓郁的人文气氛、良好的服务态度，顶级餐厅演绎着饮食文化，让人大开眼界，大快朵颐。

来吧，启程了，前往下一处美食艺术的殿堂。

（墨尔本）花鼓餐厅 The Flower Drum

——中澳合璧的杰作

花鼓餐厅的外表并不起眼。不过，在你坐下来品味餐厅的中国美食时，也许能碰上英国安德鲁王子和他的随从在此用餐。

许多人可能会质疑餐厅的虾饺——李子般大小的虾饺并不符合中国地道点心的做法。不过，凡是品尝过的人都会喜欢餐厅的创新口味。美食评论家一致认为，这是餐厅最出彩的一道点心。

无论是餐厅的装饰、服务还是菜单，花鼓都采用了一种纯粹的中式风格。餐厅的创立者兼现任餐厅顾问古尔伯特·罗 (Gilbert Lau) 一直密切关注着花鼓的运营。餐厅以经营粤菜为主，不过，顾客还可以在此品尝到美味的北京烤鸭。

富丽堂皇的装饰风格彰显出顾客的尊贵身份，而菜式则坚持选用澳大利亚最上乘的原料。

裹着辣酱的四川对虾个头饱满，肉质鲜美；澳大利亚最好的牛肉让人回味无穷；国王岛的软壳蟹则是餐厅最受顾客喜爱的一道菜。

花鼓的经典粤菜，如烤扇贝、椒盐墨鱼、鱼翅等则完全秉承了广东地方特色，餐厅低调而周到的服务方式更是无可挑剔。

相较之下，花鼓的甜品比较内敛：简单的薄饼浇上香甜可口的芒果汁，配以新鲜芒果，简单而清爽。

（悉尼）本纳隆角纪尧姆餐厅 Buil-laumeat Bennelong

——与悉尼歌剧院相辉映

著名厨师纪尧姆·布拉希米 (Buillaume Brahimi) 所建立的本纳隆角纪尧姆餐厅位于悉尼歌剧院旁边。这家荣获过多个奖项的餐厅不仅是纪尧姆的家，也是悉尼城内最热门的餐厅。

如果你把这座新月形的现代建筑视为后现代主义的杰作，或是进入歌剧院前的中转站，那你就错了——一些用餐者甚至放弃了芭蕾舞首演的贵宾票，只是为了在餐厅里多坐一会儿。

对于喜欢澳大利亚海鲜的饕餮之士来说，纪尧姆餐厅无疑是一个美食的天堂：新鲜的意大利宽面配上昆士兰扇贝，再加上摩顿海湾烤昆虫和蓝海蟹柳清汤，简直无可挑剔。

餐厅的甜品也非常有特色：香辣生梨奶油千层酥带给人美妙的口感；牛乳中加入振子、杏仁和草莓，香浓甜美。

纪尧姆餐厅的菜式属于典型的新澳大利亚风味，融合了地中海和南太平洋的特色。难怪澳大利亚的一线明星、政治家和名模都纷至沓来。

（牛津郡）四季农庄餐厅 Le Manoir Aux Quat' Saisons
——英国传统法国风格

世界顶级名厨雷蒙德·布兰克 (Raymond Blanc) 并不能算是烹饪界的新星。20 年来，这位魅力非凡的法国人始终在牛津郡那座建于 15 世纪的四季农庄餐厅的厨房里忙碌工作。如今，四季农庄餐厅已被纳入东方快车特色酒店的行列。

四季农庄餐厅坐落于鲜花盛开的大花园内，餐厅所选用的部分原料来自占地超过 80 亩的蔬菜园内。雷蒙德将英国传统的自产自销和当代法国的烹饪艺术完美结合，形成了餐厅的独特风格。

与新生代的厨师不同，雷蒙德坚持烹饪最纯正的法国美食。这也是四季农庄餐厅最大的特色之一。维多利亚·贝克汉姆、理查德·布兰森和克里夫·理查德等名人都是这里的常客，而已故的戴安娜王妃更是餐厅的忠实顾客。

菜单由七道菜组成，包括鹅肝、辣味鸭和腌樱桃等。餐厅的馄饨非常特别：用鹌鹑蛋、菠菜、鲜香的菌类和奶油鸡做成馅料，美味可口。上乘鲻沙和蟹肉的鲜美相互交融，配上格乌兹塔明那的特制酱料，让人欲罢不能。

而雷蒙德独创的薄荷芒果汤和巧克力软糖配开心果冰激淋则是餐厅最具特色的甜品代表。新鲜的美食加上新鲜的空气——营造出宛如置身梦境的浪漫感觉。

（圣塞瓦斯蒂安）阿萨克餐厅 Arzak
——西班牙的美食国王

阿萨克餐厅位于西班牙比斯克的沿海小镇圣塞瓦斯蒂安，家族庄园的外表非常普通，常常被人忽略。不过，对于这家著名的现代西班牙餐厅来说，那不过是一种巧妙的掩饰而已。

30年来，餐厅的主人朱安·马里·阿萨克(Juan Mari Arzak)和他的黑发女儿埃莉娜(Elena)带领着餐厅的整个团队获得了许多荣誉，不断给全球的饕餮之士带来惊喜。餐厅位于一座19世纪90年代的乡村建筑内，内敛低调的欧洲装饰风格彰显出传统的优雅气质。不过，阿萨克为顾客提供的则是最现代的美食。

翻开阿萨克的菜单，一定会让你惊喜不断。鲜嫩的羊排上盖着金色的咖啡沫，宛如裹着一层薄纱，并以爽口的酱汁相配。而巴斯克特产的凤尾鱼就像大颗的银色泪滴，外面包裹着透明的神秘“外衣”，口感独特。

阿萨克餐厅的甜品也常常出人意料：索马里特产坚果压榨而成的冰冻汁，配上冰镇的乳类饮品，是夏季最受欢迎的甜品。而乡村奶酪冰激淋或者巧克力汉堡也绝对不会让你失望。

在西班牙，阿布依（El Bulli）餐厅的名厨艾达里安·费利亚(Adrian Frerria)被誉为西班牙当代美食的王子，而阿萨克则堪称西班牙当代美食的国王。

（摩纳哥）路易十五餐厅 LouisXV
——纯正的法国风味

亚兰·杜卡斯(Alain Ducasse)所建立的路易十五餐厅具备了全球顶级餐厅所需的一切元素：非凡魅力、高贵气质和纯正的高卢装饰风格。欧洲贵族、社交名流和法国影星都是餐厅的常客，他们似乎对路易十五的摩纳哥美食情有独钟。

去路易十五餐厅就餐的时候，一定要盛装出席，否则，你的光芒会被餐厅华美的装饰掩盖：高雅的壁画、奢华的水晶吊灯，每一处的细节设计都体现着餐厅主人的心思。

路易十五的餐单尊贵但不浮夸。普罗旺斯美味与独特的乡村风味完美融合于其中，配上杜卡斯家乡特产的蔬菜，芳香四溢，让人垂涎。餐厅坚持选用北部大草原的利穆赞小牛肉，或者比利牛斯山的小羊羔，纯正的法国风味让许多顾客难以忘怀。

亚兰还将自己的创新拓展到了面包上。不过，六道菜下肚之后，也许你的胃已经没有空间了。虽然每餐的价格高达 335 美元，不过，结束的时候，你会发现物有所值。

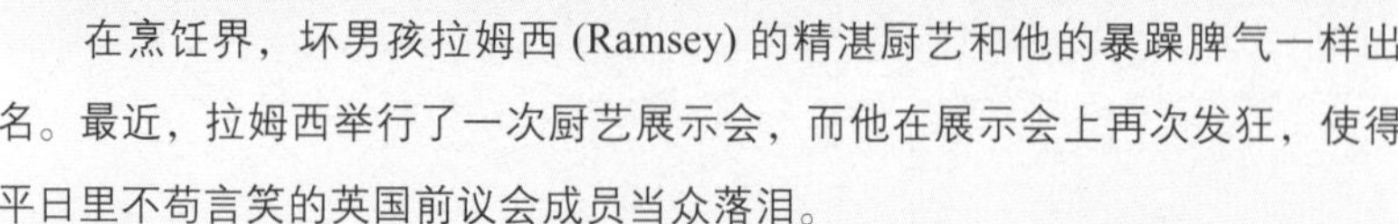

（伦敦）高登·拉姆西餐厅 Go on RamSey
——明星约会的地方

在烹饪界，坏男孩拉姆西 (Ramsey) 的精湛厨艺和他的暴躁脾气一样出名。最近，拉姆西举行了一次厨艺展示会，而他在展示会上再次发狂，使得平日里不苟言笑的英国前议会成员当众落泪。

高登·拉姆西是拉姆西开设的第一家餐厅，餐厅就隐匿在皇家医院大街的居民区内。对于喜欢温馨气氛的食客来说，这里无疑是个好地方。

高登·拉姆西餐厅面积不大，但却是同类餐厅中最出色的一家。餐厅的招牌菜包括外形古怪的奶油卷心菜配苦可可酱和海螯虾饺。由七道菜组成的重量级菜单中还有一道独特的鱼——柔软鲜美的鱼肉放在切碎的蔬菜上，拌以香浓的酱料。另外，餐厅还专门为注意体重的顾客准备了一份五道菜组成的菜单。

餐厅的价格自然不会便宜，这里毕竟是伦敦。不过如果能有机会和戏剧界、时尚界和媒体的明星一起用餐，谁又能抵御如此的诱惑？

高登·拉姆西的甜品也相当不错，不过餐厅的奶酪也不得不提——餐厅陈列着40种不同的奶酪，每一种奶酪的旁边还有专家的详细解说。

（伦敦）松久餐厅 Nobu London
——西欧的日本料理

10年前，松久信幸 (Nobu Matsuhisa) 凭借其独创的日本料理在烹饪界一举成名。在此期间，松久餐厅已经从伦敦扩张到了洛杉矶。

著名影星罗伯特·德·尼罗 (Robert R Nro) 在洛杉矶 Nobu 餐厅用餐时对餐厅的菜式赞不绝口，而这也成了餐厅发展的重要突破。如今，罗伯特·德·尼罗和纽约的餐饮业主德鲁·尼波特 (Dew Neporent) 都成了松久信幸的商业伙伴。

松久信幸吸取了传统日本料理的精华，并在其中溶入了新世纪美食的精致艺术，形成了松久餐厅的完美风格。从餐厅创立至今，黑色鳕鱼配日本大豆面酱的做法一直让许多美食评论家疯狂不已。

当然，经典的日本料理是菜单的主角：大虾天妇罗卷、季节性和牛肉，以及中午供应的定食午餐，都是餐厅的招牌菜。而黄尾生鱼片加墨西哥胡椒则是厨师的创新之作。

松久餐厅的甜品打破了传统的制作工艺，让人欲罢不能。甜甜的热巧克力酥饼

里裹着清香爽滑的绿茶冰激淋；高尔夫球大小的甜甜圈外面裹着巧克力和开心果，配以杏仁冰激淋，品尝一口，唇齿留香。

松久餐厅采用艺术手法，将东西方不同的口味完美融合，给顾客带来了耳目一新的美食新体验。

（巴黎）乔·卢布松 L' ateLier De Joel Robuchon ——创新的灵感

1996 年，名厨乔·卢布松 (Joel Robuchon) 宣布退休，不过没有人相信他的决定。果然，2003 年，乔·卢布松在巴黎新开了一家餐厅。他的复出并没有让人们感到惊讶。这家餐厅打破了高档餐厅正式的用餐模式，完全摒弃了矜持做作的传统用餐方式，营造出一种轻松舒适的就餐氛围。和善的服务生会主动与顾客交流，乔·卢布松也会在餐厅与不同的用餐者交谈，以了解菜肴是否符合顾客的要求。餐厅的特色菜是煎银鳕鱼，而在灼热的烤架上烤制的菜肴则是大师独创的特色之作——他经常去西班牙旅游度假，并从当地美食中汲取了创新的灵感。

（洛萨斯）阿尔布III餐厅 ElBu III Rose

——浓缩西班牙之美

阿萨克将西班牙美食带入了新世纪，而同为西班牙名厨的艾达里安·费利亚(Atrian Frerria)则成了全球美食的英雄人物。

艾达里安非常具有独创精神。他并不是专业的厨师，而是半路出家的实验室研究人员。由他独创的西班牙现代美食几乎无法用语言来形容，餐厅特色的玉米饼、小馅饼和洋芋团都是享誉全球的西班牙美味。

浓缩西班牙之美

阿尔布III餐厅位于“陡峭海岸”(Cbsta Brava)。餐厅主人艾达里安就是在那里创作出了“泡沫”食品——将各种美味打成香浓可口的泡沫。

餐厅的菜式带给顾客一种难以置信的美味体验：鹅肝清汤加上鲜美芬芳的罗望子，再配上西班牙煎蛋——以马丁尼酒杯为容器，上面盖着一层土豆泡沫。

除了创新的西班牙美食外，顾客还可以在这里品尝到经典的西班牙菜肴。而餐厅的甜品更是让人惊喜不断。各种各样的甜品，包括黑美圆筒冰激淋、藏红球、玫瑰球和薄荷果冻等组成了让人垂涎欲滴的大拼盘。

（加利福尼亚）法国洗衣房餐厅 French Laundry Yountville

——极简主义的诠释

“法国洗衣房”位于著名的葡萄酒之乡纳帕谷，是全球最顶尖的餐厅之一。

餐厅的主人托马斯·科勒(Tomas Keller)非常和善，而他的独门法国菜吸引着大量的顾客，不管是在好莱坞或是香港都有着餐厅的忠实顾客。所以，仅有的17张餐桌始终座无虚席。

极简主义的诠释

很少有人能够抵御餐厅九道菜菜单的诱惑。这份独一无二的菜单中包括入口即溶的水煮龙虾和多汁美味的小块羊肉等。如果你觉得这份菜单太多了，还可以选择五道菜组成的套餐。

清淡可口的吞拿鱼尼斯色拉、香味浓郁的龙虾，表现出托马斯·科勒在经典法国菜中极简主义的风格——这也是餐厅最大的特色。当然，素食主义者同样可以在这里找到适合自己的美食。

餐厅的甜品似乎已经超越了法国本土的水准。特别是巧克力奶油筒直让人欲罢不能。所以，在享受美食的同时，不要忘了自己的健康问题。

食材物语
——味蕾的极致震撼

经典美食历经超越时空的更迭融合，始终散发着迷人光芒，成为人类的娇宠。珍贵的食材使美食惊艳绝世，卓然不群，在层出不穷的新品时代，只有它们才能诠释世间终极的美味。

而踏访搜寻绝佳食材的过程就是探宝之旅。海洋深处，悬崖之上，历尽艰辛，得之不易，但这才是深刻的追求，取自天然的绝佳食材，宛若石中碧玉，蚌中之珠，静默尘世，等待与发掘带来奇迹与妙想，因为精妙高超的烹饪技艺要以这惊鸿的食材作搭配，优雅高贵的食具要以色泽光润的食材为主角，最终的盛宴要历尽千锤百炼，方显尊贵奢华。

流连在原始食材对味觉感官的轰炸，体会味蕾盛开，火花四溅，感受蕴藏其中的耐心与发现之乐，才知道，一切都是值得的。因为每一味，都带着刻骨铭心的感动，都可以用一生来铭记。

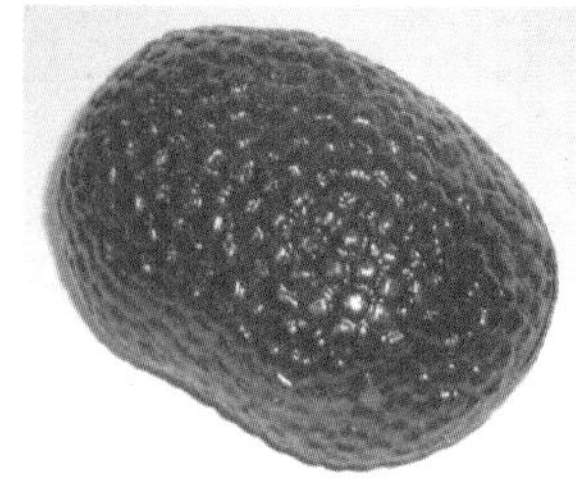

松露 Truffe
——盛宴中的黑钻石

>> 品牌精神

和“鹅肝”、“鱼子酱”并称为世界级三大美食的松露，是法国鹅肝的绝顶搭配，又叫“块菌”、“拱菌”，是法式餐中的经典美食代表之一。天然松露在烹饪界中享有“黑钻石”之美称，与生俱来的独特香味更使它成为法国菜、意大利菜中极为珍贵的调味圣品，号称豪门美馔。而法国天然松露的珍贵程度可与黄金等价，即法国人常说的“一克黑菌一块金”，可见其珍贵和稀有。

>> 品牌故事

松露又名“黑菌”，是一种长在地下的菌菇，生于法国的普罗旺斯，意大利和中国也有一点。松露也是一种很神秘的蘑菇，人类花了很多时间对它进行人工繁殖，却鲜获成功。直到今天，人类还是无法理解松露的生长条件和气候、土壤之间的关系。而严格来说，有“黑钻石”之称的松露，并不算是菇类，因为它寄生在树木的根部，深藏在泥土的地底，因此必须靠训练有

素的狗用灵敏的嗅觉才能发现它的踪影。

松露样子极丑，有的小如豆，也有的大如富士苹果，切开来看，里面则是犹如迷宫般的大理石纹路，散发非常浓厚的香味，只要放上一小片松露，就可以使整盘菜肴风云变色，甚至整个房间都充满松露的香味。任何食材香料在松露面前，都会自惭形秽，望尘莫及！

松露喜爱地中海气候，藏在橡树的根部。它到 4 月时开始苏醒，起初是灰白色的，到了 7、8 月份，颜色逐渐变深，同时展露出松露的形体。每年的 11 月底到第二年的 3 月中旬都可以采收。松露对于温度和湿度十分敏感，新鲜的松露处理不当的话，只要短短的三天就可以“瘦”十分之一，而且香气也会随时间消失。

松露由于产量非常少，采收非常困难，而且没有办法人工种植，所以非常昂贵。松露的采收期是在冬天，它长在橡木树的地下十几厘米处，很难发现，只能依靠动物的鼻子。最早的时候依靠一种猪的鼻子去寻找，因为这种猪非常喜欢松露，后来改作训练狗去寻找，因为担心猪抢着享用了珍贵的松露。还有一个办法是在早上太阳还没有出来前，去橡木林里寻找有一堆苍蝇聚集的树根处，往下挖一定就能挖出黑色的松露。但是如果你以为到了法国普罗旺斯就能欣赏到狗儿或猪儿猎捕松露的英姿，绝对会大失所望。松露生长的地方一直被视为禁地，决不会透露给外人知道；加上近年来当地的松露量日趋减少，想要一亲芳泽只能碰碰运气。

松露被称为“餐桌上的黄金”。最能试出真味的方法是所谓的“灰烬下的松露”(truffes sous les cendres)，将松露稍加调味，洒上白兰地，再裹上薄薄的一层咸猪肉，以防火纸包好，丢进灰烬中，这是最原始的松露吃法。

近年法国气候干旱，松露减产，法国农业部因此展开了拯救松露的系列活动，更明确地指出“松露是法国文化不可或缺的一部分，必须倾全力保护”。

>> 品牌鉴赏

黑黑的，菇味香很浓，经不起嚼几口，来不及识得真滋味就化下喉了，真是不过瘾，却又马上爱上了它，热衷于异国美食的人，如果钱包足够的话，不妨试试普罗旺斯松露。

鹅肝 Foie Gras
——高贵珍馐

>> 品牌精神

鹅肝于法国名菜家族中占有举足轻重的地位。有时候甚至是友情的一种标尺。如果一位法国朋友请客，倘若他用肥鹅肝来招待你，那可表明他的确已把你当成了非常要好的朋友。那种入口即化如泥般柔嫩细致、唇齿留香、余味无穷的感觉可以勾起味蕾的无限欲望。鹅肝的身份既然已经如此尊贵，可想而知它的价格一定也“好看”得很。极品的肥鹅肝，小小一瓶动辄以数

>> 品牌鉴赏

没尝过鹅肝，不能算是真正吃过法国菜。法国的鹅肝是高贵的体现，口感润滑，味道鲜美至极！

千法郎计价，所以说鹅肝是贵族食品一点也不夸张。

>> 品牌故事

据记载大约在4000多年前，古埃及人嗜食鹅肉，随着尼罗河两岸发展，部分迁移的埃及人在旅途中为了储藏鹅油，慢慢地发现鹅的用途很多。而真正发现吃鹅肝的乐趣及美味的，却是两千多年前的罗马人。他们开始搭配着无花果食用，并被西泽大帝视为极品佳肴。把鹅肝这项高贵食材发展为美食的是中欧的犹太人，虽然他们是当时唯一知道如何烹饪出美味鹅肝的人，但食用内脏并不合乎犹太人的宗教律法，也因故失去了将它发扬光大的机会。后来，鹅肝由民间流传到阿尔萨斯及法国西南部乡村，渐渐开始有人用鹅肝制作肉冻及肉酱，并搭配法国面包食用，既简单方便又平易近人。法国路易十六时期，鹅肝被进贡至宫廷献给路易十五，在品尝之后，竟深受喜爱，从此便声名大噪，并被当时许多知名作家、音乐家所称赞，自此奠定其高贵珍馐的不凡地位。之后，随着冷冻技术的发展进步，逐步得以行销全世界。

鹅肝养成的方法是每日依固定的时间喂食鹅，并将鹅的活动范围限制在一个很小的地方，主要是降低鹅的消化能力，让鹅肝成为又大又肥的脂肪

肝。一般而言，每粒鹅肝约重 500 至 800 克。

鹅肝可以用在热食或冷食上。在热食方面，可搭配前菜，或制成调味汁与牛排调味，如知名的美味“罗西尼鹅肝酱牛排”，当然用做汤料也是不错的选择。当成前菜食用时，必须选择百分之百新鲜的鹅肝，再切片生煎来食用，或加些柳橙调味汁。

在吃冷食时，法国人的习惯是：将鹅肝制成新鲜的鹅肝酱。所以有人说：“若不会做鹅肝酱，就不配称做法国菜厨师。”一般而言，鹅肝酱食用于前菜最多，也可搭配面包或土司一起食用。

无论冷热，在西餐里鹅肝都是被作为头盘出现的，虽说它算不上一道主菜，但是其在餐桌上承前启后的作用是不可小视的。

配合鹅肝，真正的吃家会佐以由法国佩里戈尔（Perigord）和 Quercy 两地产的松露，他们认为这样和鹅肝搭配口味最为协调，可谓绝配。在酒水的选择上，吃鹅肝时都会配上一杯甜酒（波特酒或是苏特恩白葡萄酒）或是干白酒。不过吃鹅肝配红酒也逐渐风行时尚起来，红酒是去腻的最佳选择。

鱼子酱 Caviar
——盛宴中的黑黄金

>> 品牌精神

如果你是金字塔尖的品位崇拜者或是资深饕餮客，宛若大自然华美珍珠的鱼子酱不容你错过，这种帝王之食是名副其实的豪门美馔。它是感官飨宴的极致，是味蕾与美食的缱绻交欢。平铺在舌尖上滑动的快感，美味爆涌，任海洋微咸味侵袭口腔。

>> 品牌故事

鱼子酱，其实指的就是鲟鱼卵。鲟鱼是一种原始鱼类，如众所周知的中华鲟。目前，全世界有超过 20 种类的鲟鱼，其中，只有产自俄罗斯以南及伊朗以北的里海海域中的 Beluga、Asetra、

Sevruga三种鲟鱼的卵，才能用以制作成我们所熟知的珍贵鱼子酱。

这种美味鱼卵的最早品尝者是波斯人，他们相信鱼子酱能治疗多种疾病，定期食用能增加体力。中世纪时，鲟鱼在英格兰被视为“皇家的鱼”，这是因为当时的国王爱德华二世曾颁布法令，声明任何捕获的东西都要交给封建领主。

在俄国，沙皇是鱼子酱的主要消费者。供给沙皇的鱼子酱是最稀罕的，有时甚至是最珍贵的——里海小鲟鱼的金色鱼子。正是因为俄国皇室对这种美食的难以餍足的热情，导致了这种小鲟鱼的绝灭。

渔民用大网捕捞鲟鱼，然后用绞车将网拖到岸边。当网里有怀孕的雌鱼时，人们会用木棒对其当头一击，将它打晕。上岸后在送到加工地点前还要再击打一次。通过在鱼腹上切开的口子取出全部的鱼子。在俄国，鱼子是在鱼死以前取出的，而在伊朗则正好相反。

根据美国和法国的法律，任何标明为鱼子酱的产品必须取自鲟鱼卵。一般而言，高品质的鱼子酱来自四种鲟鱼：白鲟、闪光鲟、Osetra和小鲟鱼。这些鲟鱼都产自里海，小鲟鱼虽一度被视为极品，但现在已经接近灭绝。白鲟是鲟鱼家庭中体型最大的品种，鱼卵大且松散，闪耀着钢灰色的光泽。Osetra鱼子的颜色既有棕色也有金色，口味更韧一些。闪光鲟的鱼子相比来说较小，味道很重，相对价廉。由于集中捕捞和大规模工业生产，里海鲟鱼数量极剧降低，成为鱼子酱价格居高不下的主要原因之一。在这种情况下，一些不那么有名的鲟鱼品种甚至一些鲑鱼也被增列入出产鱼子酱的公认鱼类。

鱼子酱的等级越高，它的含盐量就相对越少，顶极品根本感觉不到咸味。它易碎，颜色由浅灰到深黑。鱼子酱加工处理的过程要求极为精细。正确处理过的新鲜的鱼子酱，存储期为2～3个星期。消过毒的鱼子酱可以保存

>> 品牌鉴赏

品尝鱼子酱，是一种纯粹感官的奢华享受。当香槟气泡与浑圆的鱼子一起在口中交互啵啵啵地迸开来，然后一起激荡出一种明媚的馨香，那种感觉，就像初见国庆烟火一样，绚烂慑人，久久难忘。

3~4 个月。通常鱼子酱离开冰箱 5~10 分钟就应食用，所以器皿须碎冰降温。

伏特加和香槟是鱼子酱的最佳拍挡，要用贝壳汤匙来盛鱼子酱，这不仅是一种品位仪式，还是因为要避免银汤匙给鱼子酱带来的淡淡金属味道。通常的吃法是将略带咸味的小饼干抹上奶油，然后把鱼子酱平铺在上面食用，或与半熟的水煮蛋、水煮马铃薯的切片一起食用。

燕窝 Bird's Nest
——高贵的天然保健品

>> 品牌精神

燕窝是海鸟金丝燕的巢穴，多建在热带、亚热带海岛的悬崖峭壁上，周围是滚滚的波涛，上面是蓝天白云。金丝燕在春季开始做窝，它的口腔里能分泌出一种胶质唾液，吐出后经海风吹干，就变成半透明而略带浅黄色的物质，这是燕窝的主要成分。金丝燕用这种唾液合着纤细的海藻、身上的绒羽和柔软的植物纤维等做成巢穴，这就是我们所说的“燕窝”。

>> 品牌故事

传说中国第一个吃燕窝的人是明朝航海家郑和。郑和的远洋船队在海上遇到了大风暴，停泊在马来群岛一个荒岛处，食物紧缺。无意中发现荒在断石峭壁上的燕窝，于是命令部属采摘，洗净后用清水炖煮，用以充饥。数日后，船员各个脸色红润，中气颇足。于是船队回国时带一些献给明成祖。其实在此之前，元代贾铭(公元 1279 ~ 1368 年)的《饮食须知》一书中，已有“燕窝，味甘平，黄黑霉烂者有毒，勿食”的记载。

燕窝是珍贵的佳肴，又是名贵药材，有补肺养阴之功效，主治虚劳咳嗽、咳血等症。印度、马来群岛和我国海南岛及南海诸岛等均有出产。

金丝燕属雨燕科，是候鸟，每年12月至次年3月从西伯利亚等地飞到热带沿海的天然山洞里繁衍后代。金丝燕比我们通常所见的燕子要小些，背部羽毛呈灰褐色，带有金色光泽，翅膀尖而长，四个脚趾都朝前生长。此燕喉部有很发达的粘液腺，所分泌的唾液可在空气中凝成固体，是它们筑巢的主要材料。金丝燕每年三四月份产卵。产卵前，它们每天飞翔于海面和高空，有时可高达数千米，穿云破雾，吸吮雨露，摄食昆虫、海藻、银鱼等。经消化后钻进险峻、阴凉、海拔较高的峭壁裂缝、洞穴深处，吐唾筑巢。大约要20多天才能筑成。

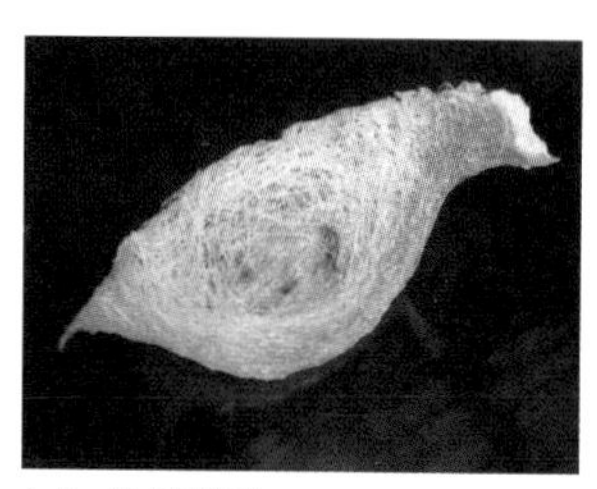

>> 品牌鉴赏

燕窝含有大量的粘蛋白、糖蛋白、钙、磷等多种天然营养成分，有润肺燥、滋肾阴、补虚损的功效，能增强人体对疾病的抵抗力，是一种纯正高贵的天然保健品。

燕巢呈半月形，形状有些像人的耳朵，直径6~7厘米，基底厚，廓壁薄，重约10~15克。燕巢外围整齐，内部粗糙，有如丝瓜网络。整个燕窝洁白晶莹，富有弹性，附着于岩石峭壁。历来有“稀世名药”、“东方珍品”之美称。

金丝燕第一次筑的巢完全靠它们喉部分泌出来的大量粘液逐渐凝结而成，质地纯洁，一毛不附，这种燕窝的质量最佳，是燕窝中的上品。在封建皇朝时代，常常被选出来作为进献的贡品，因此取名“官燕”。

采燕窝的人抓住时机把燕窝采走后，金丝燕不得不第二次做巢，因临产卵期较近，金丝燕体态丰满，喉部胶状物较多，所筑之巢比较肥大，但因时间紧迫它们衔来羽毛、小草……与喉部胶状物混同一起再次筑巢，筑得比较粗糙，含有杂质较多，营养成分也差了。此时采收的燕窝称为“毛燕”。

金丝燕第三次筑巢时，其喉部强行吐出血状粘液，有的竟是色泽鲜红，所筑之巢可谓呕心沥血凝结而成。这时采燕之人就不再采了，以便金丝燕生儿育女，等母燕带着乳燕飞离巢穴后再采，这叫采“老窝”，亦称采“血燕”。

有一种燕窝被所附红色岩石壁渗出的红色液体渗润，通体均成暗红色，也叫“血燕”或“红燕”，含有若干矿物质，营养好，产量很少，被视为燕窝中的珍品。

鲍鱼 Abalone
——海味之冠

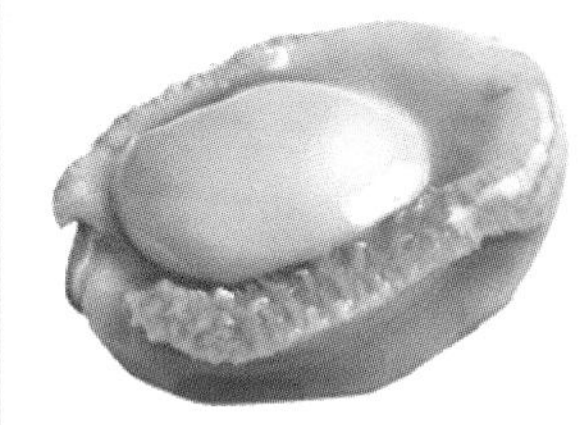

>> 品牌精神

鲍鱼补而不燥，养肝明目。欧洲人早在200年前，就已把鲜活的鲍鱼当作一种食品来食用，誉作“餐桌上的软黄金”；中国在清朝时期，宫廷中就有所谓“全鲍宴”。据史料记载，当时沿海各地大官朝圣时，大都进贡干鲍鱼为礼物，一品官吏进贡一头鲍，七品官吏进贡七头鲍，以此类推，鲍鱼与官吏品位的高低挂钩，可见其享有“海味之冠”的价值。

>> 品牌故事

鲍鱼同鱼毫无关系，倒跟田螺之类沾亲带故。它是海洋中的单壳软体动物，只有半面外壳，壳坚厚，扁而宽，形状有些像人的耳朵，所以也叫它

海味之冠

ABALONE

"海耳"。海耳的螺旋部只留有痕迹，占全壳的极小部分。壳的边缘有九个孔，海水从这里流进、排出，连鲍的呼吸、排泄和生育也得依靠它，所以这种鲍鱼又叫"九孔螺"。它肉质鲜美，营养丰富，位列四大海味（鲍鱼、海参、鱼翅、鱼肚）之首。

鲍鱼的壳质地坚硬，壳形右旋，表面呈深绿褐色。壳内侧紫、绿、白等色交相辉映，珠光宝气。壳的背侧有一排贯穿成孔的突起。软体部分有一个宽大扁平的肉足，软体为扁椭圆形，黄白色，大者似茶碗，小的如铜钱。鲍鱼就是靠着这粗大的足和平展的跖面吸附于岩石之上，爬行于礁石和穴洞之中。鲍鱼肉足的吸着力相当惊人。一个壳长15厘米的鲍鱼，其足的吸着力高达200千克。任凭狂风巨浪袭击，都不能把它掀起。捕捉鲍鱼时，只能乘其不备，以迅雷不及掩耳之势用铲铲下或将其掀翻，否则即使砸碎它的壳也休想把它取下来。

鲍鱼的壳，中药称石决明，因其有明目退翳之功效，古书又称之为"千里光"。石决明还有清热平肝、滋阴潜阳的作用，可用于医治头晕眼花、高血压及其他炎症。鲍壳那色彩绚丽的珍珠层还能作为装饰品和贝雕工艺的原料。

鲍鱼的肉味美、爽滑，营养价值颇高，可谓名贵海珍。据有关资料记载，世界上有桃红、黄、蓝、绿、杂色、皱纹盘等一百多种鲍，而我们所见到的硇洲鲍鱼是杂色鲍，有人又称之为"九孔螺"。

>> 品牌鉴赏

鲍鱼是名贵的海珍品之一，肉质细嫩，鲜而不腻；营养丰富，清而味浓，烧菜、调汤，妙味无穷。名菜"蛤蟆鲍鱼"是誉满中外的佳肴。

硇洲鲍鱼之所以驰名远近，饮誉五洲，应归功于自然伟力。在冰川纪元末，经过喜玛拉雅造山运动而使硇洲离开大陆板块，沿海岸却是岩洞叠起，礁丛遍布，浮藻繁茂，水清波恬，海水温度适中，给鲍鱼营造了一个极其良好的生长环境。

鱼翅 Shark's Fin
——柔丝万缕

>> 品牌精神

鱼翅由鲨鱼的胸、腹、尾等处的鳍切成丝干制而成，不仅是有名的"美味佳肴"，而且还有多方面的食疗价值。中国传统认为食鱼翅可益气、清神、去痰、利尿、开胃、润肤、养颜；能够补五脏、长腰力、解肝郁、活气血、润肌理。

>> 品牌故事

鱼翅，就是鲨鱼鳍中的细丝状软骨。鲨鱼属软骨鱼类，鳍骨形似粉丝，但咬起来比粉丝更脆，口感要好一些。鱼翅种类很多，有青翅、明翅、翅绒和翅饼等。其中以翅饼为佳，营养价值最高。

从现代营养学的角度看，鱼翅（即软骨）并不含有任何人体容易缺乏或高价值的营养，所以吃鱼翅是一种中国特有的文化现象。由于中国地处温带冬季寒冷，旱涝天灾频仍，内陆地区距海洋比较遥远，故食品保存技术十分发达，干燥水发工艺是其中最重要的方法。干虾、海参、鲍鱼、鱼翅、燕窝、鱿鱼、香菇、玉兰片、黄花、木耳都是这种方法的应用实例。在干燥水

发的过程中会有物理和化学的变化，食品的质地和味道有时会优于鲜品，还能除去一些有害物质。其中鱼翅的炮制和烹调工艺十分复杂、专业，几乎不容业余者染指，这不仅为鱼翅的高昂价格提供了理由，更奠定了吃鱼翅堪称中华文化奇葩的地位。清朝年代，鱼翅被列为御膳。

鱼翅一般来自东南亚、非洲、南美洲及印度等，因水域、气候及处理的不同，故质素相对有区别。一般而言，南美洲的鱼翅比较平淡，切割也比较好，故有“金山翅”之称，但价格相对较贵。而东南亚的鱼翅盐分比较重，俗称咸身翅，切割也比较差，所以价格相对便宜。

鱼翅的制作比较复杂。发制鱼翅的方法大体有三种，即碱发、蒸发及煲煨法。用碱发的鱼翅效果最差，成菜有少许碱味，口感差，且经高温烹制后收缩大，不成形。用蒸发方法制，时间较长，且不易除净腥味。采用煲煨方法，发制时间短，容易去净腥味，且成菜口感好，所以现在人们一般都采用煲煨来发制鱼翅。

>> 品牌鉴赏

鱼翅可做的名菜有：“原焖鱼翅”、“蟹黄鱼翅”、“干烧鱼翅”、“红扒鱼翅”、“奶扒通天鱼翅”和“砂锅鱼翅”等。

龙虾 Lobster
——虾中之王

>> 品牌精神

龙虾在亚洲地区是传统的高级海鲜。据说，龙虾的原产地是美国，后来传到日本，再随着日本的进口木材到了中国。时至今天，龙虾已经有五类约154 种，分别来自美国、澳洲、中国、日本等地。香港是美食天堂，有关龙虾的做法很多，例如“上汤龙虾”、“芝士龙虾”、“龙虾刺身”、“龙虾汤”等，光是想一想都无不令人食欲大动。

>> 品牌故事

龙虾的学名是“克氏螯虾”，“龙虾”的叫法是中国人根据它的外形貌似龙而取的名。其实，龙虾除了可以被烹调为美味可口的佳肴之外，还有食疗的功效。龙虾在古时，就被用作药物，医治麻疹。

龙虾含有蛋白质、脂肪、糖元、维生素 A 及 E、硫胺素、钙、磷、铁和胡萝卜素等，有健胃化痰的功效。龙虾肉味爽滑清甜，甲壳又厚又硬，外形跟海虾相似，但虾身较大，食法亦多样化。体形细小的龙虾肉质嫩滑，宜烤

焗；体形较大的龙虾则肉质爽美，适合以上汤、椒盐、豉汁、姜葱，或以酸甜汁、牛油蒜茸来煮。

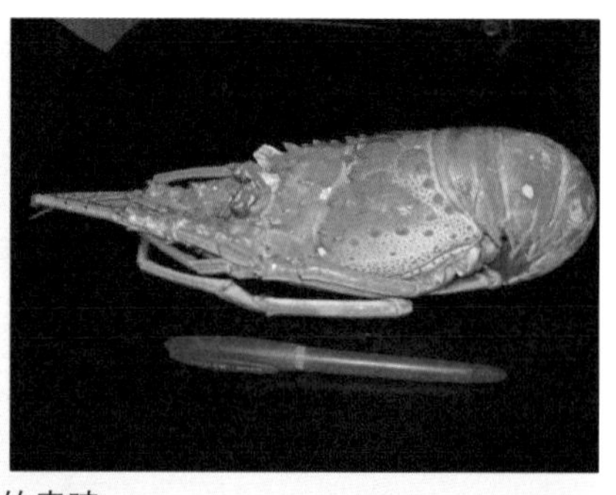

>> 品牌鉴赏

澳洲淡水龙虾，原产澳大利亚，外形酷似海中龙虾，是目前世界上最名贵的淡水经济虾种之一。该虾体色褐绿，螯的外侧顶端有一膜质鲜红带，美丽好看，故又被誉为红螯螯虾。

盱眙龙虾，味道独特，具有麻、辣、鲜、香的特点，作为一种大众化、平民化的食品，余香不绝，回味无穷，屡食不厌，因而有相当强的市场占有率，深受广大食客的青睐。

龙虾处处都有，为何单单盱眙龙虾如此受消费者青睐？一句话，盱眙龙虾是绿色食品、无公害产品，值得信赖。作为国家生态示范区，盱眙地处暖温带与亚热带过渡地带，阳光充裕，雨水丰沛，气候暖和潮湿，龙虾在此生长和繁殖的条件得天独厚。全县有水域96万亩，水库塘坝20万亩，河湖44万亩，年产龙虾超过2万吨。特别是有水资源非常好的陡湖、天泉湖、猫耳湖、天鹅湖、八仙湖和125座中小型水库，更使盱眙龙虾有了鲜明的个性特征：个大、体亮、黄鲜、柔嫩，无污染。

美国东北部的缅因州，也是一个盛产龙虾的地方。到了龙虾丰收的季节，东海岸的新英格兰地区便都能享用到美味的龙虾，而其价格之低廉，使那些曾经将澳洲龙虾当作奢侈品的人目瞪口呆。

巧克力

舌 上 娇 宠

巧克力物语

——浪漫情人结

巧克力被玛雅人视为珍宝和神灵，随着时光流逝，只有它依然刻印着玛雅王国的辉煌。巧克力的神秘色彩从古欧洲的皇宫贵族一直延续到今天，魅力经久不衰。巧克力是上帝赐予人类的一种带有魔幻气息的礼物，它美妙、尊贵、超凡脱俗，其幽香和魔力令人在抵御它和被吸引之间流连踯躅……

当一颗精制的巧克力在舌尖上慢慢融化，香与甜渗入心田，细腻、滑润、丝丝入扣，唇齿舌间，余香缥缈，让你感觉意犹未尽，回味无穷，那是一种温柔馥郁的享受。巧克力以其香醇浓郁、柔滑细腻的独特口味，征服了全世界喜爱甜品的人士。

巧克力融于口中无穷的回味和香美的芬芳让人陶醉不已，并渐渐衍生成为情人节和爱情的永恒象征。巧克力那极致的浓烈香醇让人们领略着异域风情带来的远古的神秘气息；在那种安然慢享的过程中，宁静而美丽；每当人们置身于巧克力店品味着味蕾上的美妙之时，仿佛远离了城市的喧嚣，店内优美的欧式音乐轻盈而奔放，这里是爱情的港湾、儿童的乐园，舒缓的神经在快乐中升腾……

（比）列奥尼达斯 Leonidas
——丝丝柔滑

>> 品牌精神

位于欧洲中心地带的比利时，因制作巧克力历史悠久而闻名于世。列奥尼达斯是比利时三大巧克力品牌之一，是销售巧克力的第一品牌。

>> 品牌故事

列奥尼达斯创始于 1931 年，是由列奥尼达斯 Kestekidis 在比利时创立的第一家列奥尼达斯专卖店。目前，列奥尼达斯在全球共设有 2000 多家专卖店，分布在布鲁塞尔、巴黎、伦敦、纽约、华盛顿、东京、香港、新加坡等国际大城市，而每一家店的巧克力均产自布鲁塞尔的大工厂，每 14 天空运一批——这不禁让人联想起《查理与巧克力工厂》中威廉·沃克的那座巧克力工厂。手工制作和大规模量产之间的平衡，列奥尼达斯拿捏得很好。

列奥尼达斯与其他产品最大的不同点，在于巧克力的“新鲜度和不含防腐剂”，每一个列奥尼达斯的连锁店都被要求每周新鲜进货。因此，你所见到的每一颗列奥尼达斯巧克力都是每周由布鲁塞尔新鲜空运来的。在你尝过刚从工厂运来的新鲜巧克力后，你就会知道列奥尼达斯的不同了。所有的列奥尼达斯巧克力制作都是在布鲁塞尔，以最好、最高品质的材料制作而成，有 80 种不同口味。比利时巧克力层、新鲜黄油、新鲜奶油、来自土耳其的榛子、来自葡萄牙的樱桃、来自意大利的杏仁、来自法国的胡桃等这些最高

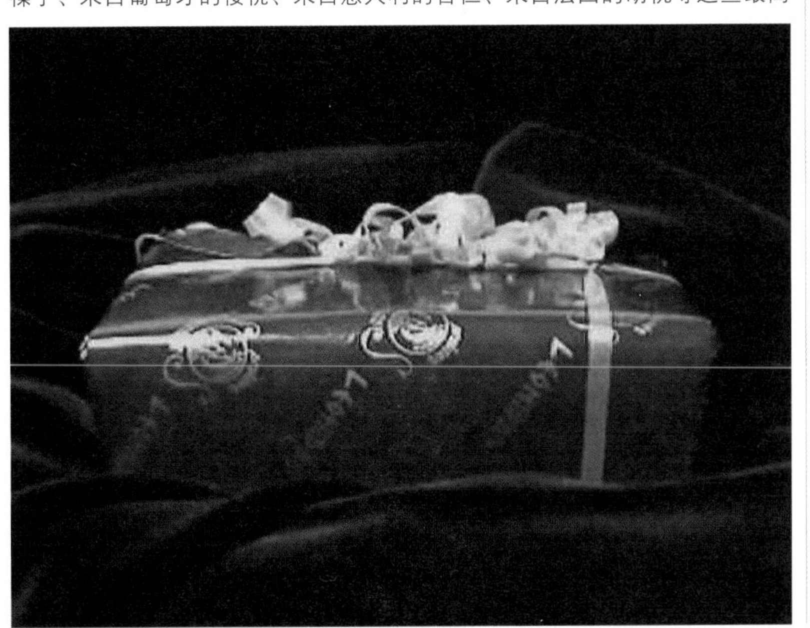

>> 品牌鉴赏

列奥尼达斯的特制夹心巧克力(Praline) 在比利时国内同类产品中销量居第一，每年都会推出新口味来吸引顾客。

质量的原料才能制造出美味的列奥尼达斯巧克力。

列奥尼达斯巧克力整齐、美观地陈列在冷藏柜中，以“克”为单位来销售。因此消费者可依个人喜好，选择及搭配不同口味和数量的巧克力。

列奥尼达斯一直致力于产品品质，将其视为企业的生命。2001 年，列奥尼达斯获得了 ISO9001 的质量认证，不仅证明了列奥尼达斯本身的高质量保证，也确保了其每一步制作工艺的优异。

（比）香浓河 River Shannon ——魔幻之宝

>> 品牌精神

比利时巧克力大师约瑟夫·卓普斯的故乡香浓河镇，风景宜人，村野空旷，河水秀美，可谓人间仙境，其盛产的巧克力继承了巧克力大师约瑟夫·卓普斯的衣钵，并在其基础上提升了自己的工艺和创新，经过多年的精心锤炼，使“香浓河”这一巧克力品牌声名远播，在业内独领风骚。

>> 品牌故事

“香浓河”巧克力店整体设计采用欧式风格，高雅尊贵；独具匠心的构思处处细腻入微，扣人心弦；充满跳跃的格调和温馨的色泽搭配体现着设计师对艺术的想象与理解，令人一见倾心。“香浓河”采用比利时原装顶级进口原料和制作工艺，巧克力口味细致醇厚，余韵优雅绵长；色泽明快，层次分明；品种、花样繁多……加上店家详尽的讲解和热情周到的服务，总会给人意想不到的欣喜。

“香浓河”巧克力一定是上帝赐予人类带

有魔幻气息的尤物。它如此美妙、尊贵、超凡脱俗，其幽香和魔力就像世间的许多其他诱惑一样，令你在抵御和被吸引之间徘徊。“香浓河”那种安然慢享的过程，宁静而美丽。每当人们置身于“香浓河”巧克力店品味着味蕾上的美妙时，仿佛远离了城市的喧嚣，店内优美的欧式音乐轻盈奔放。这是爱情的港湾，儿童的乐园，舒缓的神经在快乐中升腾。

>> 品牌鉴赏

“香浓河”采用比利时原装顶级进口原料和制作工艺，巧克力口味细致醇厚，余韵优雅绵长，色泽明快，层次分明。

（比）高迪瓦 Godiva
——皇室娇宠

>> 品牌精神

高迪瓦是世界上最有贵族气息的巧克力——它是比利时皇室御用巧克力品牌。在高迪瓦制造的超过200款的巧克力当中，有三款是为比利时皇室的盛事而特别设计的，其中最新的一款名为“Mathilde”，是为纪念1999年比利时王子大婚而特别以王妃的名字命名的。除了比利时皇室，更多世界名人如美国前总统克林顿、女星伊丽莎白·泰勒等都是高迪瓦的忠实粉丝。

>> 品牌故事

高迪瓦起源于比利时的布鲁塞尔，由巧克力大师约瑟夫·卓普斯一手创办。说高迪瓦是知名度最高的顶级巧克力一点也不为过。神话般的高迪瓦得名的由来是11世纪英国伯爵夫人高迪瓦——据说大约在1040年，统治考文垂城市的里奥夫利克伯爵决定向人民征收重税支持军队出战，令人民的生活苦不堪言。伯爵善良美丽的妻子高迪瓦夫人眼见民生疾苦，决定恳求伯爵减收征税，减轻人民的负担。里奥夫利克伯爵勃然大怒，认为高迪瓦夫人为了这班爱哭哭啼啼的贱民苦苦哀求，实在丢脸。高迪瓦夫人却回答说伯爵定会发现这些人民是多么可敬。他们决定打赌——高迪瓦夫人要赤裸身躯骑马走过城中大街，仅以长发遮掩身体，假如人民全部留在屋内，不偷看高迪瓦夫人的话，伯爵便会宣布减税。翌日早上，高迪瓦夫人骑上马，走向城中，考文垂市所有百姓都诚实地回避屋内，令大恩人不至蒙羞。事后，里奥夫利克伯爵信守诺言，宣布全城

>> 品牌鉴赏

浓得化不开，也许就是对高迪瓦最好的形容。在口感上，拥有更丰富的层次与质感，余韵深长，耐人寻味。

减税。这就是著名的高迪瓦夫人传说。时至今日，挂毯、油画、雕塑和文学作品等众多欧洲艺术品中亦载有高迪瓦夫人的肖像，以示崇高的敬意。

自古以来，比利时一直保存着追求完美的传统，代代相传。为了继承这个优良传统，约瑟夫·卓普斯把炮制浓郁巧克力的秘方加以改良，为巧克力创制出独一无二的香滑质感。凭着超凡的观察力，约瑟夫·卓普斯为高迪瓦创新系列的精致欧陆式贝壳形设计和别出心裁的包装订下规格。

多年以来，高迪瓦在符合传统规格和贯彻约瑟夫·卓普斯秘方等方面全部一丝不苟。秉承了约瑟夫·卓普斯的传统和精神，高迪瓦巧克力成为甜食界极品中的极品。

1966 年，高迪瓦顺利打入美国市场。如今，高迪瓦在美国各大城市开设超过 200 间专卖店，更在多家高级百货公司和特色商铺中设有逾 1000 个零售点。从纽约到巴黎，从巴黎到东京，高迪瓦把比利时最杰出的产品带到了世界各地。

（比）皮埃尔·麦克琳尼 Pierre Marcolini
——最完美的艺术

>> 品牌精神

皮埃尔·麦克琳尼在公司创建初期就提出“致力于最好，又时时保持更上一层楼”的口号。皮埃尔·麦克琳尼追求的已不单单是巧克力的品质，而是对疯狂艺术的绝对诠释。所以，品尝皮埃尔·麦克琳尼的巧克力是绝对的味蕾盛宴，回香之余，永世难忘。

>> 品牌故事

皮埃尔·麦克琳尼对原材料的挑选苛刻得令人咂舌，他只选用委内瑞拉、马达加斯加、厄瓜多尔和墨西哥最好的可可，这种可可具有无与伦比的

>> 品牌鉴赏

唯一能同 Pierre Marcolini 的口感相媲美的就是世界顶级佳酿，入口即感圆润及果香，后味悠长、柔滑而细致，最后一股馥郁而优雅的香味流连齿间，独特的愉悦口感，在舒畅与圆润间取得完美平衡。

深度芳香且苦味和酸味并不明显，然而产量也非常稀少，大约只有世界可可总产量的 5%。即便如此，皮埃尔·麦克琳尼还是坚持亲自挑选可可产地。为寻找最理想的可可，他几乎寻遍所有的私人种植园，一旦发现合格的品种，他就会留下来，同种植园主一同劳作，直到最后丰收。

丰收并晒干后的可可被运到皮埃尔·麦克琳尼在布鲁塞尔的工厂里。那里有 35 个工艺不同的队伍，每一位工人都在自己的生产线上身怀绝技，也是在这里，可可豆经过清洗、烘干，将在碾碎、精拣之后被烘烤，然后再次被一步一步地进行研磨，一个星期之后才被送到生产线上。

目前皮埃尔·麦克琳尼使用的可可是可可家族的一个罕见品种——Porcelana。这个品种极为稀有，在整个可可家族的产量里仅占 1%，且只有在气候条件特殊的墨西哥特定的区域里才能顺利成长，每七年长成一次。自然，这种得天独厚的条件孕育出来的果实一定有惊人的特点，它几乎拥有最完美的香气和醇度。皮埃尔·麦克琳尼使用这款可可制作成限量版的巧克力，在 Park Avenue Boutique 一间巧克力屋内发售，其精美的外形和馥郁的香气吸引了许多人竞相购买。

为了增加口感上的层次感，皮埃尔·麦克琳尼加入了许多辅料，包括品质最好的胡桃糖，南太平洋大溪地的香草，意大利山麓地带的榛子，葡萄牙菲罗岛的杏仁。巧克力生产的整个过程都受到了皮埃尔·麦克琳尼的完全注意，他要确保自己制作的巧克力得到全心的呵护，这份执迷与认真终于在1995年得到了回报，皮埃尔·麦克琳尼在世界级的评比中获得了最高的赞誉，被称为世界顶级甜点大师。

（瑞士）斯布隆里 Sprüngli
——世界巧克力极品

>> 品牌精神

斯布隆里公司绝对是世界上最古老和最著名的巧克力公司，甚至在第二次世界大战的重创下，公司也奇迹般地存活下来。这完全得益于支撑整个公司坚持到底的信念以及生产全世界最好的巧克力的梦想。

>> 品牌故事

1836年，戴维·斯布隆里（David Sprüngli）和他极富创造天分的儿子鲁道夫（Rudolf Sprüngli）创办了斯布隆里糖果店，在仅有10人的小作坊里完成了这个伟大巧克力的诞生。

直到1892年鲁道夫从商界退出，斯布隆里父子在苏黎世的帕拉德广场已经拥有两间工厂，同时完全独立掌握了巧克力的配方生产权。鲁道夫从商界退出时，作为巧克力生产商的声誉早已远播在外，被同行评为大家。自此，鲁道夫将所有产业交给两个儿子掌管，由于祖辈经营得道，公司一直顺利地向前发展，逐渐走向世界。经营作坊的是鲁道夫的大儿子约翰·鲁道夫，这是位非常有创意和胆识的企业家。上任伊始，他便开始大规模扩大作坊，同时引进当时最先进的生产线，以求快速发展。因为受限于作坊的空间面积，他在1899年重建厂房。由于资金投入过多，约翰·鲁道夫为及时回笼资金，不得不把名下的公司更名为斯布隆里巧克力股份公司（Chocolat Sprüngli AG）。

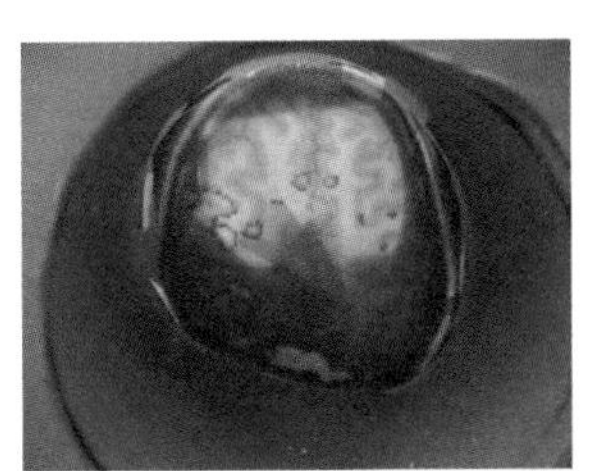

就在此时，斯布隆里巧克力股份公司富有传奇色彩的关键人物出现了，鲁道夫·林德带着自己著名的巧克力生产工艺和秘方加盟进来，而约翰·鲁道夫毫不犹豫地接受了鲁道夫的入伙，正是这个重大的决定，不仅挽救了公司，也把林德的名号打响了。

鲁道夫·林德是当时最负盛名的巧克力制作者，正是他发明了震惊整个巧克力界的生产工艺“Conchieren”。令人不可思议的是，这个生产工艺的原理至今仍无人参透其中玄妙，运作过程中的每一步都具有科学性。这是经过直观地试验或在巧合中找到的。它被一代又一代地传下来，令现今的食品专

家们拍手叫绝。

运用最新生产工艺的斯布隆里公司开始不断拓宽销售的疆土，打开了瑞士巧克力行销世界的大门，接受了曙光照射的斯布隆里公司开始了真正欣欣向荣的发展。同时，瑞士的巧克力业不断寻找国外市场，斯布隆里公司也顺势而进，相继开创了为数不少的国外市场，赢得了高额利润和世界声誉。

可惜的是，在1905年，鲁道夫·林德连同他的两位亲属奥格斯特和瓦尔特·林德从斯布隆里公司中辞职，随后，奥格斯特和瓦尔特·林德在伯恩开创了自己的公司。但这严重违反了他们同斯布隆里公司的合约，新公司成立不久就被告上法庭。为了保住公司，奥格斯特和瓦尔特·林德把大量的钱和精力投入到打赢官司中，但面对强大的压力，公司不得不在1928年宣告停

>> 品牌鉴赏

斯布隆里的十大精选品，包括特拉夫勒、三角樱桃巧克力、焦糖夹心巧克力和坚果味十足的果仁糖巧克力，质地细腻，香滑可口，做工考究。

业清理。

艰难地挺过第一次世界大战瓶颈期的斯布隆里公司以稳扎稳打的质量很快跃为巧克力界的翘楚。

今日的斯布隆里公司已经建立了完善而广泛的销售网，拥有众多的生产商和销售商，销售代理商遍布整个世界，同时也建立了最便捷的网络销售渠道。

（英）吉百利 Cadbury
——奶香馥郁

>> 品牌精神

“一杯半牛奶”是吉百利的著名标志（Cadbury Schweppes），意思是每200 克吉百利巧克力中就含有一杯半鲜牛奶。吉百利的成功是品牌体验的成功，巧克力本身就是一种情感的体验，吉百利世界也吸引着世界各地的游客前往吉百利体验这个甜蜜的品牌。

>> 品牌故事

吉百利起源于 1824 年。年轻的约翰·吉百利一手开创了位于布里斯托尔93 号的小店，很快成为了伯明翰时尚男女纷拥之地。除了茶叶、咖啡这样的主业外，还经营其他一些副业，其中一项就是可可豆和亲自制造的巧克力饮品。1831 年吉百利租借了一处位于伯明翰科鲁克丹尼的老旧的麦芽制作厂，把它改建成了巧克力饮品和可可豆工厂。这标志了吉百利巧克力制造事业腾飞的开始。1854 年吉百利兄弟作为“维多力亚女王荣誉可可豆及巧克力制造商”正式接受了他们的第一份皇室授权。时至今日吉百利依然骄傲地拥有英皇室的特别授权。1866 年吉百利兄弟成功研发了一种能使可可精华更美味的制造工艺，这种工艺正是当今可可处理法的先驱者。

同时，吉百利也是唯一一家以鲜牛奶为原料生产牛奶巧克力的生产厂商。

1879 年，吉百利开始生产牛奶巧

克力，是将奶粉加入可可块、可可脂和糖制成的，这样加工出的巧克力不够细腻润滑，而且奶味不足。为了改变这种情况，小乔治·吉百利决心向牛奶巧克力市场挑战，终于在1905年成功研制出加入新鲜牛奶的配方，即200克巧克力中含有一杯半新鲜牛奶，随后制定了新的生产流程。这一新口味巧克力不仅可以匹敌而且超过了其他品牌的牛奶巧克力。

于是，吉百利最为畅销的品牌——吉百利鲜牛奶巧克力诞生了。到1913年，它已经成为公司销售量最大的产品。20世纪中期，它已成为上等的主流品牌。

>> 品牌鉴赏

外观光滑细致，颜色深沉饱和，质地坚实爽脆，且可溶于口，也溶于手。手工精致，尝起来甜而不腻，让人齿颊留香享誉全球，也是巧克力爱好者无法抗拒的圣品。

吉百利的巧克力太妃糖同样是市场的领先品牌，从精选优质原料到利用先进的设备和工艺进行精加工，每一个细节都体现着吉百利对高品质的追求。当吉百利的纯牛奶从太妃糖中柔柔淌出时，第一口就会被那香浓润滑的自然口感所吸引。吉百利口味十分丰富，有原味、榛仁、咖啡、蓝莓等各种口味满足不同人士的口感需求。从精美方便的袋装到靓丽实惠的瓶装，再到有着特别涵义的华丽礼品装，吉百利永远都是时尚的选择。

（法）梅森 La Maison Du Chocolat ——流行风向

>> 品牌精神

梅森所推出的每一款新品，都足以牵动巧克力的流行风向，在继承传统工艺的基础上，又赋予巧克力以时尚精致愉悦的永恒价值。顶级巧克力就如同咖啡豆一般，也有品种之分，也像葡萄酒一样，讲究年份收成，也谈产地

庄园，也如同法国五大酒庄以单一庄园的年份质量风味供人们品鉴。

>> 品牌故事

梅森创立于 1977 年，今已届满 31 年。创始人罗伯特·林克斯是巴斯克人，有人封他为“加纳许 (ganache) 的巫师”，以此赞颂他制作巧克力的高度专业及近乎严苛的品质要求，而他也毫无疑问是世界上最享有盛名的巧克力制作艺术大师之一。

罗伯特·林克斯在具有悠久巧克力制作历史的法国巴斯克地区长大。20 岁后，他决定前往瑞士，向当时著名的巧克力工艺大师朱尔·帕雷特求教学习。25 岁学成归来，在巴黎纽利市做了巧克力工艺师。在岳父的帮助下接管了一家不景气的甜食生产公司，苦心经营之后为公司建立了稳定的社会关系群，为他日后创建自己的公司做了良好的铺垫。

在他搬到芳布赫·圣·奥罗赫大街后，偶然与巴斯克艺术家和设计师的阿尔诺·萨伊斯相识，终于萌发了创立独具阳刚特色，拥有大气包装格调的梅森巧克力的想法。

47 岁的罗伯特·林克斯在强烈创造本能的驱动下，创立了自己的事业，把苦心研究了 20 年的优质法国巧克力形象引入巧克力界，旋即成为流行风尚，而巧克力的制作也从酒窖搬到巴黎郊外哥仑比斯德一处特地建造的厂房中。18 名雇工中有 10 位全职的巧克力工艺师。

巴黎巧克力名店梅森是从一位葡萄酒商手中购买的，地处著名的勒斯·塞勒斯·普雷塞尔音乐厅对面，店铺古老，里面还有很多葡萄酒的大酒

>> 品牌鉴赏

把巧克力放在舌头上，让它慢慢融化，如同香醇的葡萄酒和咖啡一样美好，有长久的余韵。它质地滑润、芳香宜人，微微的苦后伴着浅浅的甜，使人齿颊留香，回味悠远。

窖。得天独厚的位置为巧克力的新品种发明提供了灵感和素材，许多巧克力产品甚至带上音乐的韵味，吸引了大批著名的音乐家和艺术家前往。

罗伯特·林克斯是首位将黑巧克力以及可可产地与品质观念带入主流市场的大师。甜得发腻的巧克力糖已不再讨好新一代美食家的挑剔胃口。现在，可可含量超过 43% 以上甚至高达 70% ~ 80% 的黑巧克力才能代表其中蕴涵的深沉的浓郁，浓得化不开，也许就是最好的形容。巧克力的苦味，将可可豆的原有特质完美保留并展现出来；在口感上，拥有更丰富的层次与质感，余韵深长，耐人寻味。

梅森的巧克力口味细致醇厚，余韵优雅绵长。近两年颇受瞩目的新品是梅森果香系列以及百里香、迷迭香及茉莉口味。

（法）米歇尔·克鲁兹 Michel Cluizel ——甜蜜柔情

>> 品牌精神

米歇尔·克鲁兹始终与位于委内瑞拉、圣多米尼加、马达加斯加、圣多美等地的特级可可庄园保持长期良好合作关系。即使近年来生产成本提升，许多品牌无法继续支撑而纷纷走向合并之路，米歇尔·克鲁兹仍坚持自己的理念，持续不断将质量推向全新境界的精神，获得无数巧克力爱好者的青睐与支持。

>> 品牌故事

米歇尔·克鲁兹的巧克力店创立于 1947 年，地点位于法国诺曼底南部一个名叫丹姆维勒的小镇。那时米歇尔·克鲁兹的双亲玛尔克、玛尔塞莱·克鲁兹原本专精于制作馅饼、水果派之类的酥皮点心，但他们在自己的厨房里尝试着做出第一颗巧克力。

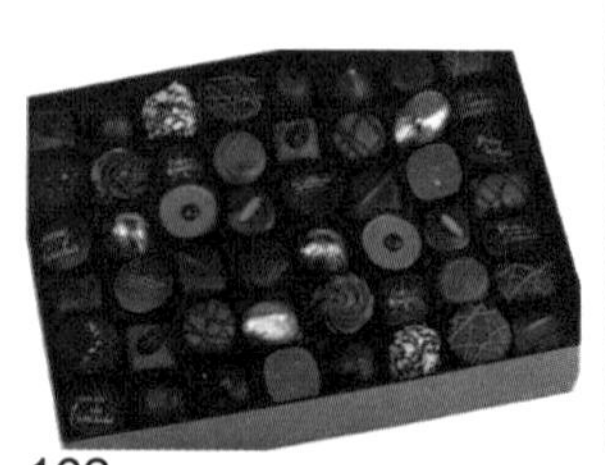

在他们正式生产巧克力的前一年，米歇尔·克鲁兹就已经以一位“见习生”的身份参与其中。观察父亲将杏仁、坚果、焦糖混合用来制作夹心巧克力的内馅与母亲手工制作客人所指定的巧克力样式的过程让他心醉不已。在饕客对他们所制作的巧克力的赞美中，他们的企图心也慢慢成形。1971 年他们把事业重心转移到一个接近乡村的连栋办公室。米歇尔·克鲁兹跟他父母

亲成功的伙伴关系整整维持了 36 年。

1981 年第一笔外销订单运往美国。很快地在 1983 年米歇尔·克鲁兹就开始开设自己的生产线以应付来自美国的需求。1987 年米歇尔·克鲁兹在巴黎开了他们的第一家巧克力店，取名为“La Fontaine au Chocolat”。直到如今这家巧克力店每日依然门庭若市，以一个东道主的身份接待来自世界各地寻找法国精致巧克力的游客。米歇尔·克鲁兹将这家位于巴黎 201，圣－奥洛勒街 75001 的巧克力店形容为“一扇向世界展示的橱窗”。

>> 品牌鉴赏

质地滑润、芳香宜人，微微的苦后伴着浅浅的甜，使人齿颊留香，回味悠远。

米歇尔·克鲁兹最值得称道之处，在于完整保留可可脂，乳化程序中不添加任何蔬菜油脂及大豆卵磷脂，制作生产过程也坚持采用最自然纯正的素材，如以天然蔗糖取代甜菜根糖、采用纯正波旁香草而非香草精油或化学香料。这种坚持纯天然原料制作并以追求最佳质量为目标的精神，使其在精品巧克力的世界里占有重要的一席之地。

米歇尔·克鲁兹十分擅长制作精致的内馅巧克力。咖啡杯是以米歇尔·克鲁兹优质的 60% 黑巧克力制成，令人惊奇的不仅于此，咬开咖啡杯后，杯中充满的是巴西阿拉巴咖啡制成的甘纳许酱 (Ganache)。

干酪

凝乳的艺术

干酪物语
——精华的演绎

没有哪一道大餐少得了干酪的相伴，没有哪一款葡萄酒不在干酪的配合下变得回味深长，干酪有着魔术般的作用，把精致的菜肴推向极品之巅。

干酪是从远古走来的精灵，历经层层时空洗练，容百家众长，得自然芳醇。没有人知道它究竟是从哪里降临到人间的奇迹。在罗马帝国驰骋疆场的时候，它就给士兵们带来鼓励，犹如母亲的呵护，细腻绵长。

回顾干酪的历史就如同回顾人类的文明进化史，人类的灵性、谦逊、智慧与博爱尽在其中。当我们品尝着干酪这种大自然的恩赐和人类辛劳的奇妙结合体时，我们其实是品味一种天道酬勤的喜悦和欢愉。在所有干酪爱好者的心目中，品评干酪是一种生活的艺术，因为在任何场合，它都会使人进入一种美妙的氛围，散发出一种难以言表的魅力。

（法）布里 Brie
——干酪之王

>> 品牌精神

在一次干酪竞赛中，布里被所有品尝者一致通过，顺利荣获“干酪之王”的美称。时至今日，布里也是世界上仿制品最多的干酪之一。

>> 品牌故事

早在罗马时代，法国的干酪就在世界上享有很大的声誉。1 世纪波里尼 (Poliny) 写的《自然故事》一书中就有记载。早期的法国干酪是在一种叫做莫塔利的浅陶瓷碗里制作而成的。这种碗粗糙的内表面能从一些草药和陈乳清中把凝乳菌提取出来，且能够持续保留凝乳菌种，时间达两天之久，所以制作时不必加入凝乳酶。在法国部分地区，制作稀奶油干酪的方法至今仍继续沿用。

15 世纪前，干酪在法国普通家庭膳食中扮演的角色是由家庭的社会地位决定的。穷人把新鲜的或经过短暂成熟的干酪作为主食，而富人通常是在大餐尾声吃些干酪作为休闲消遣，一般是成熟期为 6~8 个月的干酪。16 世纪后，新鲜干酪愈加流行，逐渐演变成昂贵的奢侈品，被加工成精致的餐后甜点以装点盛大的晚宴。

中世纪后，最早的布里干酪是从伊勒德法兰西地区的塞因艾特·马尼派生而来的。当时，人们习惯于把干酪作为礼物馈赠给所仰慕的人以表示敬意，法兰西的这一习俗增长了干酪的社会地位，诗人查尔斯·德沃伦斯也十分热衷于把干酪送给自己心爱的女人。但现在真正的代表只有布里·德米·欧克斯干酪和布里·德·玫伦干酪。这两种干酪都受到法国商品名称控制法规的保护，真品通常不容易买到。

布里干酪的形状为扁平的圆盘状，每块重量为 908 克到 3200 克，外壳呈白色，上面带有一种略带米色的桃色斑点，这一点使它非常容易地从众多仿冒品中鉴别出来。干酪团是一种光亮的稻草颜色，随着干酪的成熟，颜色逐步加深，变为暖象牙色，到成熟顶峰时，干酪团会有所凸出，但不会流出。

>> 品牌鉴赏

布里干酪带着泥土的清香和烤坚果的香气，成熟期比较长，外壳稍小，上面有许多暗色斑点，几乎看不到其中的白色。干酪团为金色，香气和风味均十分浓烈，乡土气息十足，是干酪中的佳品。

传统的布里干酪由未经巴氏杀菌的奶为原料乳制作而成，所得的凝乳既不切割也不压榨，技术的关键在于均匀地用勺舀取一层层的凝胶块，放入干酪杯排除乳清，以便形成干燥的干酪雏形。干酪块形成后放在草席上定期翻转，一个星期后撒上专用的青霉菌进行熟化。整个过程要严格控制温度直到干酪完全成熟。质量最好的干酪是在夏末和秋末购买的农家自制干酪。

CHEDDAR

（英）切达 Cheddar
——美味装点

>> 品牌精神

早在罗马占领英国期间，英国国内一直生产的是硬制干酪。罗马人十分执迷于这种硬制干酪的风味，曾为得到英国人的干酪制作方法而不惜绞死了那位拒绝交出配方的制作师。时至今日，英国干酪在罗马市场上仍然有销售。

>> 品牌故事

英国的干酪制作比较早，硬制干酪最早是给仆人和农场劳工食用的餐点，只有新鲜干酪才是被庄园主食用的奢侈品。17 世纪，随着基督教的传

播，风味较好的硬制干酪终于守得云开见月明，广为流传开来。伦敦的干酪销售商逐渐形成非官方的行业协会，利用运河和海运把当地的干酪销售到外国。就是在这时，切达开始建立声誉，成为富人家餐桌上的必有餐品，代表了主人的品位和财富。

切达干酪真正发展起来是在19世纪，工人们开始了解正规的生产发酵过程，引入先进的巴氏杀菌法，取代了许多旧式传统小作坊的生产。在英国的切达地区，现仍有少量真正的农家自制的切达干酪生产。这种由传统生产工艺生产而成的干酪呈鼓状，重达27.5千克，外面缠了一层细细的棉布，以确保产生一层良好的硬制外壳，颜色略带灰褐色，成熟期在6个月至12个月之间不等。

切达干酪的制作是从发酵开始，发酵剂同凝乳酶一起加入鲜奶中，凝乳完成后大块的乳块被切割成豌豆大小的块状，再缓缓升温。把乳清排除干净后，把凝块切成合适大小再一个压一个堆积在干酪槽底部，定期反转，使剩余的乳清排干净，等待成熟。这种制作方法形成了切达干酪特有的质地。最后，饼状的凝乳块被再次捣碎，加盐后再装模压榨。传统的工匠是把干酪先用棉布包裹起来再进行最后成熟。

放置一年后的切达干酪会形成一种小晶体，吃起来有咯吱咯吱的响声。这就是酪蛋白晶体，是自然现象，通常成熟期在2到3年的干酪均有这样的晶体出现。

切达干酪很容易融化，经常被用做传统的烹调佐料。极少量的成熟完全的干酪能给任何美味增色添香，又不会掩盖菜肴本身的特色，着实令众多烹饪大师爱不释手。

切达干酪是世界上购买与消费最多的一种干酪。通常，切达干酪的颜色从白色到浅黄色不等。购买切达的重要事项就是看它的日期。

>> 品牌鉴赏

上好的切达干酪质地平滑，硬而不能弯曲，不容易弄碎。干酪团的颜色为金黄色，随成熟期的增长而颜色继续加深。起初时，风味相当温和，有坚果和绣线菊的混合香味，经常还带着非常淡的盐味。成熟后味道变得浓郁而丰富，有强烈的坚果味，也伴随着辛辣味，时间再久点的干酪就有一种尖锐的酸味刺激味蕾。

（意）帕尔玛－勒佐安诺
Parmigiano—Reggiano
——浓香馥郁

>> 品牌精神

帕尔玛—勒佐安诺是一些法国著名菜肴中经常选用的传统干酪佐料。14世纪意大利作家卜伽丘著的《十日谈》是最早记载帕尔玛—勒佐安诺干酪的正式资料：小山似的帕尔玛—勒佐安诺被磨得很碎，许多人用它制作通心粉。

Parmigiano-Reggiano

>> 品牌故事

意大利的干酪最初由山羊奶制成，而无花果的浆液在早期被当作今日的凝乳酶使用。1 世纪后，干酪的制作工艺日臻完善，且品种不乏选择。对美食敏感的意大利人则早早地把干酪用于烹饪和调拌甜品中，逐渐演变成为正餐的一部分。不过在当时，富人家的餐桌上大多还只是呈现法国和希腊的干酪。中世纪初期，宗教流行，僧侣们不断拓展波河流域的牧区，提供丰富的牧草给干酪生产，使得意大利的干酪开始振兴。

帕尔玛—勒佐安诺是意大利特硬质干酪格拉娜 (Grana) 干酪家族中的一员。几百年以来，它一直在一些小规模的乳业农场或在波河流域的牧人小屋中制作而成。

如今，帕尔玛—勒佐安诺的年产量超过 200 万块，且需要严格遵守生产工艺，只能在伊米莉亚·罗马格诺指定的几个地区生产。随着干酪的成熟，其质地逐渐变硬，不易于切割，即便是专用的宽刃工具，在切割时还是无法避免有持续的碎块脱落下来。

制作帕尔玛—勒佐安诺散干酪用的是 4 月 1 日到 11 月 11 日之间采集

的奶。开始制作时，把发酵剂加入隔天夜间采集的牛奶和经部分脱脂的早晨采集的奶的混合奶中，对原料乳进行加热，乳酸度达到所需水平后加入凝乳酶，牛奶因为温度较高而很快凝结，用专门的“荆棘刷”对其进行切割，成小麦粒大小。对凝乳块再进行升温加热，等其沉到干酪槽底部形成一整块硬块后移到薄棉布中，放入模具进行轻微压榨。压榨好的干酪上刻有名字，最后进行盐浸和最终的成熟。通常 16 升牛奶才能制成 1 千克的干酪。

14 个月后，要对干酪进行检验和分级：检验员需要使用敲打锤敲打成熟后的干酪，通过回响判断干酪内部是否达到标准，并按照结论把它列入五个等级中具体一级。

帕尔玛—勒佐安诺的香气十分馥郁，充满了强烈的葡萄干和水果干的味道，甚至有葡萄酒若隐若现的风味，盐味也十足。还有一些酪蛋白晶体，吃在嘴里有咯吱咯吱的声音，让人回味无穷。

在厨房，帕尔玛—勒佐安诺的用途十分广泛，切成薄片再加入色拉，菜肴的香气立即浮现出来，味道让人流连难忘。由于帕尔玛—勒佐安诺的成熟期很长，比其他干酪更容易消化，是老年人和小孩子的推荐食品。

>> 品牌鉴赏

帕尔玛—勒佐安诺被制作成类似小啤酒桶的鼓形，外壳呈光亮的金黄色，上面印满了干酪的名字。干酪团呈漂亮的稻草金黄色，组织多粒，易碎。据说，当帕尔玛—勒佐安诺的质量达到巅峰时，劈开干酪会发现内部表层上有一层细密的小水珠。

（瑞士）埃曼塔尔 Emmental
——鲜美悠久

>> 品牌精神

如同法国一样，瑞士的干酪历史悠久，品质卓越。早在公元前，瑞士的凯尔特老祖先们就用简陋的容器来制作干酪。如今的瑞士，干酪已经荣升为社会地位的衡量物，一个人的社会地位究竟如何，只要看其家中地下室里干酪的年代和数量。更有些地区，干酪甚至代替货币用来作为交易现金。

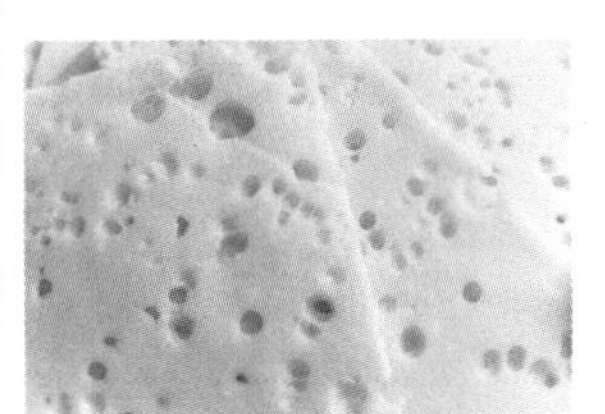

>> 品牌故事

有关瑞士干酪的历史记载是在 1115 年古洛伊附近的罗格蒙特 (Rougemont) 修道院的藏书里。早在 1448 年，干酪已用来招待来访的皇室成员，可见干酪的显赫地位。

最早的埃曼塔尔出自于伯尔尼附近埃米河谷上丰美的牧场，当地的畜牧者早在 1923 年便开始制作干酪。

埃曼塔尔是世界上最大的干酪之一。一块干酪需要 1200 多升的奶。埃曼塔尔具有特有的平滑的淡黄色外壳，柔韧的干酪团的颜色是一种迷人的深黄色，上面带有樱桃、胡桃甚至是高尔夫球大小的孔洞。

埃曼塔尔干酪单独食用味道十分鲜美，也是瑞士人最常食用干酪的方

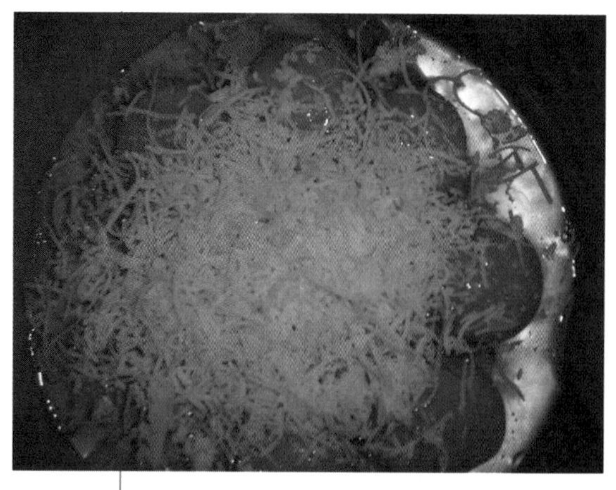

式。埃曼塔尔干酪在百吉饼、烤面包或焦糖奶油松饼上的融化性良好，烹饪菜肴时的风味更佳，但还是能品尝到一些纤维般的质感。所以，最好的用处还是把它放进有着松脆口感的菜肴里。

制作埃曼塔尔干酪的原料乳由当天早晨采集的奶和隔天晚上采集的奶混合而成，在开始加入的发酵剂中包含一种能产生气孔的菌——丙酸菌，在加工中还加入凝乳酶使奶在半个小时之内发生凝结。凝乳用一种专用的切割刀分别进行水平及垂直方向的十字形切割。该切割刀用金属线紧紧地串起来，人们形象地把它称为干酪竖琴。将切好的凝乳块边加温边继续进行切割和搅拌，直到干酪粒变得更干、更硬。然后再把干酪从槽中转移到棉布里，排除乳清后用压榨机进行压榨。第二天，把干酪块浸没在盐水里，并等待其干燥到 14 天。之后，干酪块就被转移到较暖和些的发酵室内放置，干酪内的孔眼就是在这里形成的。

最后的成熟过程是在凉爽的地窖里进行的，在成熟期间要定期对干酪进行翻转，在过去这都要求工人手工完成，是一项非常耗费体力的劳动，而如今已经有完善的机器代替手工，且效果更完美。

瑞士的法律规定，只有成熟期达到 4 个月以上的埃曼塔尔才允许出口国外，干酪上均要印有“瑞士”字样。

>> 品牌鉴赏

优质埃曼塔尔具有青草香、花香还夹杂着葡萄干和木头燃烧的复合香气，它的风味是浓郁的水果味，最后以一种木炭般的味道结束在喉咙之间。

（西）卡博瑞雷斯 Cabrales
——黄赭美味

>> 品牌精神

西班牙干酪一度只在国内市场销售。后来随着市场开放和西班牙干酪品质的不断优化，西班牙干酪终于打入国际市场，同时由于畜牧业的长足进步，使用混合奶制作的卡博瑞雷斯干酪逐渐成了人们最喜爱的干酪之一。

>> 品牌故事

卡博瑞雷斯是一种具有很强特征的青纹干酪。它是在西班牙北部的皮斯科·德·欧罗巴山脉的农场里手工制成的。这里的洞穴里透着一股从比斯开湾吹来的阴冷、潮湿和带有盐味的风，是干酪的理想成熟场所。肯塞周·德·卡博瑞雷斯的人们饲养了奶牛、山羊和绵羊。他们把这三种奶都不经处理便用来制作干酪，比例却是根据实际需要而做适当调整。干酪被制成小型到中等大小的鼓形，外壳呈深黄赭色，摸上去很粘。

真正的卡博瑞雷斯干酪是用叶子包装的，但由于现代卫生条例的规定，卡博瑞雷斯的生产者们只能用绿色薄膜或塑料纸替代原有的叶子，这难免丢失了卡博瑞雷斯原有的一部分独特风味。

卡博瑞雷斯干酪呈奶白色，上面有许多蓝色条纹，比较集中在干酪的边缘，中心则较少见，甚至可以看到乳凝块。干酪非常软，很容易涂抹在大块的面包或烤面包片上，但比起真正的鲜干酪，卡博瑞雷斯又似乎硬了许多。西班牙人通常把它与切碎的黑橄榄一起混合后涂抹在烤面包上，也有人把它同烈性的苹果酒打在一起，用在奶油[illegible]菜肴里。卡博瑞雷斯还一直被当作极好的调味料放进肉类和蔬菜里起到沙司之用。

在春末时，放牧在高原上的奶牛、山羊和绵羊产奶丰富，所以此时最容易买到品质上乘的干酪。当地人经过长时间的品尝得出这样的结论：牛奶使干酪变酸；山羊奶则赋予干酪辛辣的口味；绵羊奶却能帮助干酪获得芳香的气息和黄油般的质地。

卡博瑞雷斯的制作方法是通过常规办法使混合后的奶发生凝结，几个小时之后，把乳凝块切成核桃大小的块状后，再把干酪块压紧在圆柱形的磨具里排除乳清。进一步干燥后，对干酪进行干腌，最后送入凉爽的山洞里进行成熟。干酪外壳会慢慢产生霉菌，并逐渐深入到干酪内部发生作用，赋予干酪典型的深黄赭色和浓烈的味道。

>> 品牌鉴赏

卡博瑞雷斯干酪有一种很强烈的香气和迷人的盐味，闻起来奇妙无比。品尝之后，唇齿间还留有一种很强的带着木头般的柠檬清香味。可单独食用，也可与大块的牛排烧西红柿和富有乡村风味的面包一起作为一天的正餐。

图书在版编目（CIP）数据

名品盛宴·醇饮佳肴版 / 关澜　时涛编著 .
—北京：中央编译出版社，2008.6
ISBN 978 – 7 – 80211 – 699 – 3

Ⅰ. 名…
Ⅱ. ①关…②时…
Ⅲ. ①商品 – 简介 – 世界②酒 – 简介 – 世界③饮料 – 简介 – 世界
Ⅳ. F76

中国版本图书馆 CIP 数据核字（2008）第 087038 号

名品盛宴·醇饮佳肴版

出 版 人　和　龑
责任编辑　郑　锦
责任印制　尹　珺
出版发行　中央编译出版社
地　　址　北京西单西斜街36号（100032）
电　　话　（010）66509360（总编室）　（010）66509353（编辑室）
　　　　　（010）66509364（发行部）　（010）66509618（读者服务部）
网　　址　http://www.cctpbook.com
经　　销　全国新华书店
印　　刷　北京嘉彩印刷有限公司
开　　本　730×990毫米　1/16
字　　数　215千字
印　　张　11.5
版　　次　2008年7月第1版第1次印刷
定　　价　195元（全五册）

本社常年法律顾问：北京建元律师事务所首席顾问律师　鲁哈达

凡有印装质量问题，本社负责调换。电话：（010）66509618

（本书尚有部分图片的作者未能取得联系，恳请尽快来电来函）